藝　　文　　叢　　刊

庚子秋詞

王鵬運　朱祖謀　等著
張曉峥　點校

浙江人民美術出版社

圖書在版編目（CIP）數據

庚子秋詞 /（清）王鵬運等著;張曉崢點校. --杭州:浙江人民美術出版社, 2023.2（2023.10重印）
（藝文叢刊）
ISBN 978-7-5340-9837-6

Ⅰ.①庚… Ⅱ.①王… ②張… Ⅲ.①古典詩歌-詩集一中國-清代 Ⅳ.①I222.749

中國版本圖書館CIP數據核字（2022）第247912號

藝文叢刊
庚子秋詞
〔清〕王鵬運 等著　張曉崢 點校

責任編輯: 霍西勝
文字編輯: 張利偉
責任校對: 余雅汝
整體設計: 傅笛揚　易問菊
責任印製: 陳柏榮

出版發行　浙江人民美術出版社
　　　　　(杭州市體育場路347號)
經　　銷　全國各地新華書店
製　　版　浙江時代出版服務有限公司
印　　刷　浙江海虹彩色印務有限公司
版　　次　2023年2月第1版
印　　次　2023年10月第2次印刷
開　　本　787mm×1092mm　1/32
印　　張　5.25
字　　數　95千字
書　　號　ISBN 978-7-5340-9837-6
定　　價　30.00圓

出版説明

一、《庚子秋詞》及其作者

《庚子秋詞》的主要作者爲王鵬運、朱祖謀、劉福姚，另有宋育仁和作。前有徐定超[一]、王鵬運之序，宋育仁題辭。分甲、乙兩卷。甲卷「起八月二十六，訖九月盡，凡閲六十五日」，拈調七十一，得詞共三百零七首。其中，王鵬運（鶩翁）九十二首，朱祖謀（漚尹）九十首，劉福姚（忍盦）八十六首，宋育仁（復莽）和作三十九首。乙卷「起十月朔，訖十一月盡，凡閲五十九日」，拈調六十一，得詞三百一十三首，附原作二首[二]，共三百一十五首。

王鵬運（一八四九—一九〇四），字佑遐，一字幼霞，中年自號半塘老人，又號鶩翁，晚年號半塘僧鶩，廣西臨桂（今桂林）人。與鄭文焯、朱祖謀、況周頤并稱「清末四大家」。有《半塘定稿》。王鵬運於光緒二十四年（一八九八）發起成立咫村詞社〔三〕，彙集了況周頤、繆荃孫、夏孫桐、張仲炘、易順豫等詞壇名流，也正是在此年，朱祖謀參加咫村詞社，并開始填詞。

朱祖謀（一八五七—一九三一），原名朱孝臧，字藿生，一字古微，一作古薇，號漚尹，又號彊村，浙江歸安（今湖州）人。「清末四大家」之一。光緒九年（一八八三）進士，官至禮部右侍郎。有《彊村詞》。一八九八年，朱祖謀受邀參加咫村詞社，朱祖謀始填小令數闋，得到了王鵬運之贊賞。王氏囑託其專看宋詞，并與其同校《夢窗詞》。王鵬運去世後，朱祖謀成了當時的詞壇領袖。

劉福姚（一八六四—？），原名福堯，字伯棠，一字伯崇，號忍盦，一號守勤，廣西桂林人。臨桂詞派代表詞人。有《忍盦詞》。

宋育仁（一八五七—一九三一），字芸子，號復菴，晚年號道復，四川富順（今屬自貢）人。光緒十二年（一八八六）進士，授翰林院庶吉士，改任檢討。

二、詞作内容及詞學思想

光緒庚子年，爲反擊義和團的抗爭，八國聯軍由天津租界出發，進犯北京。農曆七月二十一，聯軍占領北京，而慈禧太后及光緒帝於此日凌晨倉皇「西幸」。在京官員，多「倉皇戎馬，奔馳星散」，而王鵬運、朱祖謀、劉福姚等人聚集於王鵬運之「四印齋」避難。聯軍燒殺搶掠，無惡不作，詞人深感「深巷犬聲如豹，獰惡駭人，商聲怒號，貶心刺骨」，於是「拈一二調以爲程課」，「自寫憂幽」。

在體例上，「選調以六十字爲限」，以小令爲主。「用遯渚唱和例」，遯渚唱和乃順治二年（一六四五）秋，明遺民萬壽祺與何堅、嚴時之唱和。萬壽祺（一六〇三—一六五二），字年少，一字若，或字若若，江蘇徐州人。明亡，誓不降清，與閻爾梅并稱「徐州二遺民」。後削髮爲僧，往來吴、楚間，世稱萬道人。有《隰西草堂集》。根據羅振玉《萬年少先生年譜》：順治二年（一六四五）五月，「南都破，江以南郡縣皆不守」〔四〕。萬壽祺之友沈自炳、錢邦芑、戴之儁、沈猶龍、陳子龍、黄家瑞、吴昜等人紛紛起兵，均與萬壽祺會師。八月兵敗後，萬壽祺「遯跡斜江五里之遯村」，與何堅、嚴時相唱和，成《遯渚唱和詞》〔五〕。同爲亂世臣民，同處頻年喪亂之際，這兩次唱和無疑成爲晚清人與晚明人的一次遥遠的對話。這種歷史暗合性，使得《庚子秋詞》在形式、内容上均具有一種「滄海瀾頽，長安日遠，忠義憂幽之氣」。

在詞作思想内容上，《庚子秋詞》既有家國之憂，又有身世之歎；既有對「大駕西幸」的擔憂，又有羈旅之愁、故園之思、歸隱之想。如王鵬運《朝中措》：「萬里驚塵忘斷，舊家煙水迢迢。」龍榆生在《晚近詞風之轉變》中稱《庚子秋詞》「雖中多小令，未必規摩止庵標舉四家之所爲，而言外别有事在，與周氏之尚寄託，不謀而合」〔六〕。正是在異軍侵城的情況下，詞人在詞中運用古典與今典，於煙水迷離中，語詞間增强了沉著渾融、潛氣内轉之感。以比興歎時局之艱，以屈騷寓君國情懷，以季節愁緒發生命意識。如鶩翁於詞中時書庾信哀江南、王粲獨登樓、鮑照賦蕪城，又寫「烏角尋鄰」，生歸隱之念；感慨荆軻何處、金臺冷落、江潭樹老，而在哀角聲聲、秋燈冷月下的詞人，只能「殘夢驚起」，分付瑶琴；王鵬運《浣溪沙》一詞中有「南園影事還堪數」句，南園一事疑指慈禧鎮壓維新派黨人事，「人不見，征塵遠」及「愁對南飛孤雁」（《相見歡》）則暗示了對逃往西安之君王的擔憂。朱庸齋的《分春館詞話》評價王鵬運詞「參以東坡、稼軒而能宏健深遠」，其詞哀婉纏綿又協以健朗之氣，雖遊戲筆墨，而情韻深厚。

王鵬運在詞學思想上主張「重、拙、大」，發展了常州詞派的理論。況周頤在《蕙風詞話》中進一步解釋説：「重者，沉著之謂，在氣格，不在字句，於夢窗詞庶幾見之。即其芬芳鏗麗之作，中間雋句艷字，莫不有沉摯之思，灝瀚之氣，挾之以流轉，令人玩索而不能盡，則其中之所存在厚。沉著者，厚之發見於外者也。」況周頤認爲，詞之重，不在字句。如夢窗「雋句艷字」，其中自有「沉摯之思，灝瀚之氣」。王鵬運、況周頤、朱祖謀等人對夢窗詞的推崇，無疑是晚清「夢窗熱」的重要原因。半塘在光緒二十五年（一八九九）曾約同朱祖謀用將近一年的時間校勘《夢窗甲乙丙丁稿》并付刊。而作於一九〇〇年的《庚子秋詞》中便有《點絳唇・用夢窗韻》四首、《燕歸梁・用夢窗體》四首、《訴衷情・用夢窗韻》七首、《醉桃源・用夢窗韻》三首等，雖也有用其他宋代詞人之韻，如《迎春樂・用清真韻》三首、《歸去來・用屯田韻》三首、《慶春時・用小山韻》六首，但數量遠遠不及步韻夢窗之詞。

受王鵬運影響較多的朱祖謀，在學夢窗上可謂不遺餘力。朱祖謀曾四次校勘夢窗詞，而且在其所選《宋詞三百首》録宋詞八十七家，吴文英就有二十四首，高於柳永、晏幾道、周邦彦、蘇軾、姜夔等詞人。《庚子秋詞》中朱祖謀還有大量的集夢窗句之詞，如《愁倚闌令》二首、《眼兒媚》二首、《三字令》二首。同時，還有對夢窗句的直接引用或化用。如《虞美人影》「玉妃喚月蓬萊淺」出自吳文英《秋霽》「夜久人悄，玉妃喚月歸來」，「香在紅衣南岸」出自吳文英《隔浦蓮近・黄鐘商泊長橋過重午》「紅衣香在南岸」；《月中行》「金莖誰問文園渴，還凄斷、座上琴心」出自吳文英《燕歸梁・對雪醒坐上雲麓先生》「誰憐消渴老文園」等。而時人及後人多對朱祖謀學夢窗詞有較高的評價，如王國維在《人間詞話（删稿）》中有「彊村學夢窗而情味較夢窗反勝」的説法。王鵬運在《彊村詞原序》中稱：「公詞庚、辛之際是一大界限，在辛丑夏與公別後，詞境日趨於渾，氣息益静。」「庚、辛之際」即光緒二十六年至光緒二十七年（一九〇〇—一九〇一），説明此期的《庚子秋詞》是朱祖謀詞風轉變期間的重要作品。

劉福姚雖然名氣上較王鵬運、朱祖謀稍弱，但立於《庚子秋詞》中亦能自成風格。漚尹意象綿密似温，忍盦物境疏朗似韋；漚尹詞怨悱綿密且存比興之意，忍盦詞清麗質秀而有流利之氣。忍盦詞雖時有奪目之語，但意境不够深厚，餘韻不足。「多情應悔種相思，今夜相思誰共」，此句頗能引人聯想，惟詞句間才思平淡，且意象少涵泳之致。姜夔《鷓鴣天》「肥水東流無盡期，當初不合種相思」自然更勝一籌。

忍盦詞也有化用他人之句，如《江月晃重山》中「緑窗人老不歸家」化用自韋莊《菩薩蠻》「緑窗人老不歸家」。

作爲中國早期資産階級改良主義思想家的宋育仁，在《庚子秋詞》中表達了其强烈的憂君愛國情懷。如「哀笳亂，譙鼓斷，少人行」（《相見歡》）、「空局悠然照淚乾」表達了其對時局的擔憂；「如今更見長安遠，不見歸鴻」（《醜奴兒》）、「願隨風，入君懷」則體現了其對明君之渴望。復莽詞中處處流露出心有報國志，却身居亂城而空有愁勝江碧之感。

除了傳統文學題材，他們還對外國文學頗感興趣。《調笑轉踏·巴黎馬克格尼爾》三首，充滿了對茶花女的贊美與同情。王國維《宋元戲曲考》中據吴自牧《夢粱録》云：「北宋之轉踏，恒以一曲連續歌之。每一首詠一事，共若干首，則詠若干首。」秦觀有《調笑令》十首，分詠十個美女，每首前冠以七言短詩。而此三首《調笑轉踏》用此傳統，詠歎《茶花女》馬克格尼爾故事，七言詩歌有一定的叙事作用，充當序言作用。小令短小，以抒情爲主，而此處採用「甚似曲本體例」〔七〕的《調笑轉踏》，增强了詞作的敘事性。

三、版本信息

《庚子秋詞》現存版本，主要爲清光緒二十七年（一九〇一）刻本及民國間有正書局石印本。石印本在排版之後，又經他人整理，旁有小字訂正。

本書以民國初年石印本（簡稱「石印本」）爲底本，以《清末民國舊體詩詞結社文獻彙編》（第二十六册）影印清末刻本《庚子秋詞》二卷（簡稱「刻本」）爲校本。石印本前有徐定超叙、王鵬運叙、宋育仁題辭。刻本前有徐定超序、王鵬運序，張亭嘉題辭、宋育仁題辭、劉恩黻題辭。

龍榆生在《晚近詞風之轉變》中云：「晚近詞壇之中心人物，世共推王半塘、朱彊村兩先生，而風氣之造成，則薇省同聲集，實推首唱，而《庚子秋詞》之作，影響至深。」〔八〕可見此次唱和影響之大。晚清民國，各地詞人并起，結社課詞，王鵬運去世後，朱祖謀又在上海發起春音詞社和漚社，積極獎掖後進，著書校詞，以遺老身份影響當時詞壇。在當時衆多詞社中，庚子唱和亦被民國詞人推崇。如須社詞人郭則澐稱：「庚子之變，半塘、彊村諸老，積其羈感，發爲秋詞，義氣見於騷盟，涕淚溢於詩

史，而砥課既密，聲律漸嚴，深究四聲，高探兩宋。」〔九〕

注釋

〔一〕徐定超（一八四五—一九一八），字超伯，一字班侯，永嘉（今屬浙江温州）楓林人。人稱永嘉先生。清代著名的政治家、教育家、醫學家。八國聯軍侵占北京時，徐定超夫婦困守都城。

〔二〕原作爲張仲炘《定風波·天門道中阻風雨》、于齊慶《唐多令·野火宿空屯》。張仲炘（？—一九一三），字慕京，號次珊，又號瞻園，湖北江夏（今武漢）人。光緒三年（一八七七）進士，散館授編修。在當時屬主戰派，反對簽署《馬關條約》。于齊慶（一八五六—一九一九），字安甫，號穗平，又號海帆，江蘇江都（今揚州）人。光緒十二年（一八八六）進士。有《瞻園詞》。《晚晴簃詩匯》：「庚子秋，在危城中與王半塘、朱彊村諸人結社填詞，梓以行世。」（《晚晴簃詩匯》卷一七五，民國退耕堂刻本）

〔三〕一作光緒二十二年（一八九六）。

〔四〕北京圖書館編：《北京圖書館藏珍本叢刊》第六十七册，北京：北京圖書館出版社，一九九九年，第四八三頁。

〔五〕羅繼祖主編：《羅振玉學術論著集》第八集《補宋書宗室世系表（外十三種）》下，上海：上海古籍出版社，二〇一三年，第七六一至七六二頁。

〔六〕龍沐勛：《晚近詞風之轉變》，《同聲月刊》第一卷第三號，一九四一年，第六四頁。

〔七〕王國維著，施議對譯註：《人間詞話譯註》，上海：上海古籍出版社，二〇一八年，第三一九頁。

〔八〕龍沐勛：《晚近詞風之轉變》，《同聲月刊》第一卷第三號，一九四一年，第六三頁。

〔九〕郭則澐：《龍顧山房詩餘》，民國戊辰（一九二八）刻本。

目録

徐敘

光緒庚子之夏，拳匪倡亂。七月既望，各國師集都門，乘輿西狩，士大夫之官京朝者，亦各倉皇戎馬，奔馳星散。半塘老人獨閉户如故，而我同年朱古微學士、臨桂劉伯崇殿撰咸以故居擾於寇，依之以居。余居去半塘最近，晨夕過從，相與慰藉。既出近詞一編見示，則皆兩月來篝鐙倡酬、自寫幽憂之作，以余同處患難，而屬弁言於余。余謂「言爲心聲」，心之所動，自不能不發之於言。古之作者處此，有爲《麥秀》《黍離》之歌者矣。如庾信之《哀江南》、杜甫之《悲陳陶》，皆所謂古之傷心人，别有懷抱者。彼其時其事之躬自閲歷，所以怵魄而愴神者，豈無他人共之哉！惟他人不能言，而此獨言之，使讀之者悲憤交集，皆怦怦戚戚而若有以先得其心之所同然，故足以鳴當時而信後世。今三子者同處危城，生逢厄運，非族逼處，同類晨星，滄海瀾頽，長安日遠，忠義憂幽之氣，纏綿悱惻之忱，有動於中而不能以自已。以視蘭成去國、杜老憂時，其懷抱爲何如也？余雖不知詞，然三子者之言，皆余所欲言而不得者，則亦不能自已於言也，於是乎書。永嘉徐定超。

王叙

光緒庚子七月二十一日，大駕西幸，獨身陷危城中。於時歸安朱古微學士、同邑劉伯崇殿撰先後移榻就余四印齋。古今之變既極，生死之計皆窮。偶於架上得叢殘詩牌百許葉，猶是亡弟辛峰自淮南製贈者，葉顛倒書平側聲字各一，係以韻目，約三百許言。秋夜漸長，哀蛩四泣，深巷犬聲如豹，獰惡駭人，商聲怒號，砭心刺骨，淚涔涔下矣。乃約夕拈一二調以爲程課，選調以六十字爲限，選字選韻以牌所有字爲限，雖不逮詩牌舊例之嚴，庶以束縛其心思，不致縱筆所之靡有紀極。然久之亦不能無所假借，乙卷以後尤泛濫不可收拾。蓋興之所至，亦勢有必然也。自八月二十六日起，至某月日止，凡閱若干日，得詞若干首。富順宋芸子檢討和作若干首，并依調類列，用遡渚唱和例也。芸子九月下旬附會船南去，故所作不多。每夕詞成，伯崇以烏絲闌精書之，古微題其端曰《庚子秋詞》，蓋紀實云。半塘僧鶩記。

題辭

復莽

大笑蒼蠅蚓竅聞，聯吟石鼎調翻新。欲言不敢思公子，私泣何嫌近婦人。隱語題碑生石闕，嘯聲碧火唱秋墳。二豪侍側何須問，鏡裏頻看却憶君。

庚子秋詞甲卷目録

起八月二十六日，訖九月盡，凡閱六十五日，拈調七十一，得詞二百六十八，附復葊和作三十九，共三百又七。十月以後作，入乙卷。

庚子秋詞甲卷

卜算子

鶩翁

夢裏半塘秋，斷壁迷煙柳。詩意空明指似誰，鷗外涼蟾透。愁向酒邊新，拙是年來舊。話到江湖白髮心，猨鶴驚人瘦。

漚尹

霜華指鬢稀，吹笛關山遠。如此湘天一字無，催盡南飛雁。映夕獨光微，飄霧花陰轉。莫爲殘鐘故故驚，睡味將愁限。

忍盦

芳草閉閑門，寂寞寒蛩語。不聽秋聲也是愁，那更風兼雨。花事已闌珊，燕子憑來去。無賴心情藉酒澆，莫放金尊住。

和作

復莽

燕去故人稀，蛩語殘更轉。夕向涼蟾話到明，愁爲鐘聲限。秋柳鬢新霜，夢瘦江湖遠。笛裏關山一雁無，字更風吹斷。

涼月上初更，又到愁時候。掩鏡生防見淚痕，難掩鐙前瘦。門外散歌塵，深院蒼苔舊。不怨羅衣舞後單，此瘦年來久。

朝中措

鶩翁

西山顏色到今朝，眉翠不禁消。畫外閑情誰會，愁邊斷句慵敲。幾時歸去，晴鐘野寺，雨屐溪橋。萬里驚塵望斷，舊家煙水迢迢。

漚尹

粉雲橫界斷霞收，人坐碧溪頭。初蓼淡搖風蝶，衰荷紅背沙鷗。江南何處，青山畫扇，黃葉歸舟。自是客心搖落，不關長笛高樓。

忍盦

碧波雙槳暗通潮，人立小紅橋。雲外不逢青鳥，酒邊誰按瓊簫。年華如夢，舊時月色，愁對今宵。料得畫樓吟望，天涯一樣魂消。

復葊

照槐青火夕陽痕，人柳似當門。眠起隔花漏斷，綠窗守盡黃昏。夜闌鐙滅，香銷篆冷，心字猶溫。依舊開簾見月，不知何事消魂。

點絳唇 用夢窗韻

倦對秋光，亂紅認得愁來路。燕簾鶯樹，空憶尋春處。酒醒西樓，恨逐新鴻去。游情貯，斷雲如縷，吹淚驚風絮。

鶩翁

酒醒東風，馬蹄重到殘紅路。亂鶯深樹，不是春歸處。還下重簾，曉夢將愁去。餘寒貯，水沈飄縷，語燕空梁絮。

漚尹

葉葉西風，秋聲搖落章臺路。綠陰生樹，舊是調鶯處。倦眼青青，又送雕鞍去。征塵貯，夕陽千縷，愁絕風中絮。

忍盦

圖上江蒹，微波先認秋來路。春天雲樹，記是題詩處。　雁送秋聲，沒入蒼煙去。琴絃貯，一行如縷，罥上風簾絮。

復莽

相見歡

鶩翁

夜涼哀角聲聲，斷疏更。愁對南飛孤雁、帶參橫。　人不見，征塵遠，夢難成。又是絮蛩飄雨、落秋鐙。

枕函殘夢初驚，欲三更。愁聽星鴻霜角、下重城。　人何處，塵迷路，恨難平。還是淚痕和酒、不分明。

漚尹

水窗低度疏螢，暗飄鐙。惟有尊前前夜、月朧明。　風又雨，梧桐樹，早涼生。不信枝枝葉葉、總秋聲。

忍盦

夜闌私數歸程，滴殘更。愁聽和風和雨、一聲聲。　故鄉遠，幽夢短，酒初醒。

明日高樓莫放、遠山青。

復莾

井桐一葉初聲，夜鴻驚。正是下絃無月、已三更。　哀笳亂，譙鼓斷，少人行。依舊五更過了、又天明。

醜奴兒

鷲翁

沙漚笑客頭如雪，瘦倚西風。衰鬢憐儂，老色還應鬥酒紅。　年年酣醉東華路，不似霜楓。掩映秋容，得意寒山夕照中。

漚尹

年年歸燕花邊路，真色屏空。亂葉衰紅，淡入宮眉一兩峰。　關河萬里傷高泪，斷送西風。錦字愁通，莫上高樓數過鴻。

忍盦

晴霞五色花如海，費盡春工。無賴西風，吹冷南園爛漫紅。　悲秋莫上高樓去，木落天空。夢繞疏鐘，知否江湖有斷蓬。

復莽

門前走馬長安陌，日下西峰。塵鎖春櫳，只隔屏山已萬重。如今更望長安遠，不見歸鴻。彈淚西風，莫誤銅山憶斷虹。

人月圓

鷺翁

煙塵滿目蘭成賦，休唱憶江南。昏昏海日，金臺重上，淚點青衫。西山一角，向人如笑，寥落何堪。不如歸去，生涯白水，家世黃甘。

漚尹

夢雲細繞紅蘭里，花氣正通簾。夜涼時節，銀屏泪燭，金縷春衫。相逢一笑，心知不是，舊日江南。無端說起，虹橋弟四，弓月初三。

忍盦

水雲空闊愁千疊，天際望征帆。西風吹我，碧蓮峰頂，一夢沈酣。平生意氣，酒人燕市，詞客江南。而今漸老，相看白髮，休怨青衫。

復莾

填詞漫漏傷春語，嬰武喚低簾。蛤蜊且食，離騷熟讀，痛飲須酣。金貂典去，荷衣著上，便解朝衫。煙波歸路，青山隱隱，黃葉江南。

清平樂

鶩翁

釣竿別後，塵染春衫透。帶眼朝朝憐漸瘦，知否輕蓑如舊。幾時歸掃蒼苔，樵青相伴行杯。還我門前五柳，笑他堂上三槐。

漚尹

亂雲拂袖，百感新疏酒。愁外西山如客瘦，一角修眉還鬥。無言獨立青苔，高城畫角聲催。指與斷鴉歸路，夕陽依舊宮槐。

忍盦

簾櫳依舊，燕子新來瘦。寂寂金徽消永晝，空有淚珠盈袖。東風回首天涯，青禽何事重來。望斷碧雲深處，秋陰一院蒼苔。

復萕

憑欄青羽飛，暮雲隱岫，月戀淒鴉柳。不信飢來還病酒，只道龐眉勝瘦。

回，隔簾語燕驚猜。西去玉關無信，誰尋雁路歸來。

菩薩蠻

鶩翁

旅愁誰得似，紅塵不上荷衣冷，天涯望斷飛鴻影。歸夢碧湘西，溪山有舊題。

不飲常如醉。何處度疏鐘，亂雲千萬重。

漚尹

背花勻寶鏡，移家新住長干里，鈿車日夜如流水。消息桂堂東，春衫不肯紅。

妝閣金鋪冷。鳳紙換新題，箇人知未知。

忍盦

篆煙燒不起，霜華滿地燕支冷，秋階瘦盡梧桐影。寂寞畫簾低，慵將錦字題。

枕簟涼如水。小立怨西風，斜陽一角紅。

鷓鴣天

鷺翁

無計消愁獨醉眠，倦看星斗鳳城邊。舊時勝賞迷游鹿，入夜秋聲雜斷猨。空暗澹，漫流連。眼中不分此山川。何堪歌酒東華路，泪盡西風理斷絃。

漚尹

田吟髩飄蕭泪袖乾，沈蓬江海得歸難。却從九陌游輪路，細憶雙谿短柱船。水外，野香邊。行杯一笑發蒼顏。亂鴉飛盡柴門閉，守著斜陽尚滿山。

忍盦

書耿耿星河欲曙天，玉爐香燼不成眠。暗傳心事抛紅豆，却埽眉痕壓翠鈿。錦字，寄吟牋。一春情緒落花前。南樓月色西窗雨，細數歸期又一年。

復莽

空局悠然照淚乾，今宵纔是夜如年。明河直户如鉛水，洗面單留對鏡看。防膽怯，照心難。貍奴深坐對長歎。夢驚自爲羅衾薄，蛩絮鐙昏誤雨寒。

蹋莎行

鶩翁

彩扇初閑，疏砧催斷，雲山北向征人遠。驚塵莫漫怨飄風，岫眉好試新妝面。夢境迷離，心期千萬，絲絲縷縷愁難剪。不辭舞袖爲君垂，瑣窗雲霧知深淺。

漚尹

照水單衫，飄香小扇，晚凉愁倚闌干遍。冷漚三兩不歸來，鏡心一夕紅衣變。經醉湖山，傷高心眼，秋來畫取蕪城怨。謝堂倦客總魂銷，無人淚濕西飛燕。

忍盦

寶鼎濃熏，湘簾乍卷，緑窗潑乳茶初倦。夕陽那便識春愁，落紅滿地無人管。淺畫雙眉，慵妝半面，芳時孤負看花眼。欲憑錦字寄相思，玉簫聲在誰家院。

復葊

心字雲衣，眉妝月扇，夕陽畫境催簾卷。晚凉卷地落花風，一時離袖君心變。寶鏡妝慵，玉簫聲怨，舞衣照水紅深淺。青天碧海夜無人，牽牛偏向西堂見。

眼兒媚

鶩翁

青衫淚雨不曾晴，衰鬢更星星。蒼茫對此，百端交集，恨滿新亭。雁聲遥帶邊聲落，萬感入秋鐙。風沙如夢，愁揮緑綺，醉拂青萍。

漚尹

楚皋相遇笑盈盈，眉底暮寒生。春寬夢窄，密圍留客，緑酒銷更。明朝事與孤煙冷，徽外斷腸聲。魂銷正在，軟紅南陌，細雨西城。

冷浮虹氣海波明，騎隺過瑶京。西園有分，十香揾袖，千艷傾城。闌干獨倚天涯客，華髮奈山青。歸鴻心事，輕漚素約，一水盈盈。右二首集夢窗句。

忍盦

秋光如洗暮潮平，寒沁夢難成。半林月落，五湖霜滿，一葉舟輕。煙波如此不歸去，孤負越山青。十年消盡，酒痕歌扇，鏡影簫聲。

復莽

遥天一雁下秋晴，露曉帶殘星。邊聲四起，寒鐙吹角，日澹蕪城。亂愁白髮如青草，宿處剗還生。苑螢飛處，宮鴉歸路，都在邊營。

小重山

鶩翁

一角晴嵐翠拂衣。憑闌看髩影，覺秋肥。亂雲深處瘦筇支。題糕約，曾說菊花時。吟嘯憶東籬。年年沽酒處，鳳城西。山靈休訝客情非。平蕪冷，心事斷鴻知。

漚尹

雨洗秋姿倚翠微。淡蛾新埽出，晚依依。西風破屐幾人詩。天邊雁，零亂不須題。不是斷相思。楚蘭搖落後，故人稀。溪山如此未成歸。沙漚笑，客髩已如絲。

忍盦

净洗螺鬟淺畫眉。秋光團暝色，隔前溪。丹楓零落鷓鴣啼。鄉關夢，空逐塞鴻飛。鎮日繡簾垂。傷心愁望遠，對斜暉。阮郎憔悴不成歸。西風冷，吹泪到天涯。

復莽

菊瘦如人畫不支。西風吹髩影，亂如絲。雁聲搖暝落天涯。平沙遠，風斷故依依。望遠倚筇非。晴蕪雲斷處，是斜暉。淡山寒翠拂人衣。漚邊夢，憑說畫欄知。

一落索

鷲翁

屏曲秋山橫紫，曉妝如洗。幾年詩裏負青鞋，懶更憶、雲門寺。冷落琴邊幽意，側商生指。斷雲似識客心孤，又疊疊、奇峰起。

漚尹

斜日孤城深閉，四山荒翠。斷鴻聲外不堪聞，是嗚咽、桑乾水。高閣清尊微倚，促愁成醉。綵雲端不負歸期，却還怕、黄昏易。

忍盦

密密湘簾垂地，晚涼天氣。愁聽雲海雁聲孤，漸喚起、紅窗睡。目斷平蕪千里，箇人歸未。夢魂飛不到遼西，費幾許、傷秋淚。

復萕

一曲琴心千里，萬重雲水。愁聲幽咽下桑乾，喚夜夜、哀鴻起。屏洗斷山横翠，疊愁成淚。海雲目斷是平蕪，又落日、孤城閉。

秋蕊香

鶩翁

寂寞香紅泣露，酒醒綺窗秋暮。倚闌淚濕調鶯處，換得聲聲杜宇。高樓西北應如故。隱煙霧，塞鴻不爲帶愁去。夜夜風風雨雨。

漚尹

杜曲人家在否，凄絶雕鞍歸路。柳絲撩亂萬千縷，誰綰閑愁寄取。似聞露蕚開無主。亂紅舞，不知暗殿幾風雨。腸斷秋鐙夜語。

忍盦

昨日畫樓人去，門掩黄昏風雨。看花已是無情緒，禁得殘紅如許。鈿車錦瑟知何處。佳期誤，天涯芳草迷征路。腸斷啼鵑聲苦。

復孴

誰倚高樓聽雨，寄與塞鴻知處。斷腸人在剪鐙語，苦是愁無夢做。柳絲不綰雕輪路。亂愁緒，秋池紅蕚怨無主。鉛水盤傾泣露。

太常引

鷟翁

蕭疏短髮不禁搔，歸夢楚天遥。飲酒讀離騷，問名士何時價高。可堪摇落，閑身如葉，風色滿亭皋。魂斷倩誰招，記醉踏楊花謝橋。

愁懷得酒涌如潮，心事付蓬飄。月落雁群高亂，峽影星河動摇。商聲夜起，斷雲北望，梁燕乍離巢。魂已不禁消，休更説消魂灞橋。

漚尹

夜深谿館起微飆，天末故人遥。叢桂幾時招，夢不到、苕南畫橈。相逢小泊，菊花艫背，風味話持螯。斷港乍通潮，有三兩、秋鐙緯蕭。

畫簾蘭燭細花飄，眉月可憐宵。風外葉蕭蕭，料蕙草、江南未凋。半垂羅帳，娛寒如水，心字夜香燒。微病洗百嬌，渾不記、星辰昨宵。

忍盦

奇峰疊疊亂雲高，寒重酒初消。鴉點正飄摇，更愁見、垂楊萬條。相逢一笑，幅巾藜杖，徑過小紅橋。花外葅停橈，漫卷起、西風怒濤。

回風摇蕙怨江皋，風月落南朝。愁重倩春銷，笑叢桂、小山未招。　　復莽

帳羅畫出燭花夢，見春水半蘭橈。眉月過花梢，聽雁落、秋鐙夜潮。

燕歸梁 用夢窗體

鶩翁

好音遠帶一院秋陰覆古槐，冷翠護莓苔。西山晴色照行杯，記年年、雁初回。關雲落，塵夢笑醒纔。猶憐懷抱未全開，斷腸聲、在金徽。

漚尹

憑高處處凝碧沈沈覆石苔，塘外殷輕雷。芙蓉迴影好池臺，又驚寒、雁聲來。消魂極，殘日下宮槐。海天東望小如杯，打空城、夜潮回。

忍盦

年年塵土醉裏看山眼倦開，落日上金臺。不堪殘夢又驚回，聽秋聲、斷鴻哀。東華路，華髮怕霜催。南園幽賞莫相違，喚天風、灧深杯。

復葊

秋色銷魂一院苔，塵冷斷金徽。愁腸深護不輕迴，願隨風、入君懷。雷塘喚醒宮槐夢，翠約負花開。天風東海打潮回，引浮雲、使西來。

夜游宮

鶩翁

蛩外秋聲送雨，乍將恨、和愁都訴。曾是紅簾醉吟處。倚芳尊，暗消魂，舊題句。梁燕拋人去，空夢繞、龍池千樹。目斷風鴉陣飛舞。掩房櫳，對秋鐙，幾凝佇。

漚尹

門掩黃昏細雨，乍傳出、當筵金縷。休唱江南斷腸句。小銀箏，十三絃，新換柱。花外殘蛩絮，暗咽斷、碧紗煙語。愁結行雲夢中路。起挑鐙，疊紅牋，對淚與。

忍盦

涼沁秋光滿樹，倚殘醉、蒼茫無語。簾底纖纖見眉嫵。是當時，照離人，斷腸處。倦鵲西飛去，聽雲外、哀鴻音苦。如畫江天漫凝佇。怕霜風，暗彫零，翠微路。

復莽

簾卷花蛩絮雨，暗凝咽、殘鐙人語。苦對芳尊訴絃柱。縷金銷，碧紗凉，聽漸楚。燕去梁塵暮，恨疊疊、翠微江路。夢繞行雲結愁去。日光回，照離腸，知斷處。

虞美人影

鶩翁

紅綃浥泪情誰見，憔悴鏡臺妝面。消息玉關應轉，歡動眉間雁。銀牋讀罷重開卷，愁結冰絲難剪。纖月光迴一綫，獨背殘陽看。

漚尹

玉妃喚月蓬萊淺，鉛水銀河一片。夢裏憑闌人換，恩盡宮羅扇。妝樓殘照西風滿，的的看花心眼。香在紅衣南岸，天近微波遠。

忍盦

夢雲輕逐歌塵散，寂寞傷秋庭院。雨外蛩聲淒亂，攙入琴絲怨。西風吹弄黃花晚，輸了秋光一半。空說畫梁春暖，無計留歸燕。

月中行

鷲翁

溪山猶是暗愁侵，煙雨望中深。舊盟漚鳥漫重尋。啼鴂弄秋陰。蘭成搖落江潭恨，憑誰爲、寄語青禽。霜鐘寒約斷煙沈，獨客莫登臨。

初寒簾幕舊游心，愁極酒須斟。昏鴉如墨下平林。暝色赴煙深。懷人野水閑漚外，停雲感、自寫清琴。青衫白髮已難禁，憔悴況而今。

漚尹

檐花細雨滴秋陰，香炷博山沈。凉鐙颭壁照孤衾。和泪酒慵斟。金莖誰問文園渴，還凄斷、座上琴心。織成錦字待歸吟，愁病與秋深。

忍盦

細風吹雨試新陰，寒重酒初斟。黄花不爲綰離心。衰鬢懶重簪。夜闌一覺鄉關夢，還依舊、斷續寒碪。銀河西轉影沈沈，秋淺客愁深。

霜天曉角

鷲翁

吟窠碎竹，分得漚波緑。長記江鄉秋老，寒香映、幾叢菊。徑曲。森似玉。夢中吟嘯熟。孤負天寒羅袖，流泉已、下山濁。

清霜送馥，江上橙初熟。千點金丸如畫，輕帆卸、洞庭曲。　斫玉。螯勝肉。齏酸篘正綠。明日西風吹醒，誰知在、輭紅宿。

漚尹

愁鴉灌木，中有詩人屋。一匊塵香不到，開門見、亂雲宿。　背燭。羈緒觸。枕邊鄉夢續。昨夜新鴻啼後，千帆外、故山綠。

忍盦

栽花種竹，小小三間屋。琴築階前天籟，紅泉落、瀉寒玉。　逐逐。蕉下鹿。歲華驚轉燭。高臥白雲堆裏，天風冷、醉殘菊。

愁堆萬斛，懶畫雙眉綠。淒斷秋更廿五，涼月共、繡衾宿。　剪燭。香篆促。夢回幽恨續。約略年時別處，人依舊、瘦如菊。

復莽

蕉陰補屋，一匊西峰綠。化雀歸來城郭，聽鐘處、戀雲宿。　轉轂。愁藹足。天寒泉水濁。日暮秋鐙胡語，愁散入、漢宮燭。

篝鐙讀曲，凄斷秋眉緑。一夢西風錦水，聽雨處、結荷宿。 轉燭。年箭促。綺書緘又讀。訴與南枝翠羽，無人見、倚修竹。

極相思

鶩翁

碧天愁訊秋娥，消息盼銀河。憑誰識得，機邊錦字，擬托微波。 心影襟痕殘泪在，到秋期、風露應多。幾時真箇，羅雲四卷，玉鏡重磨。

漚尹

麴瀾澄鏡秋磨，飛棹紺霞過。雙鴛睡足，菱絲宛轉，不信風波。 一夕行雲無處所，舊宫黄、凄損纖蛾。已涼天氣，龍鬚方錦，漸漸寒多。

忍盦

卷簾涼沁秋河，閑聽雁聲過。碧天西望，無塵玉宇，一鏡新磨。 知否憑闌心事在，怕來宵、風雨偏多。廣寒高絶，桂花消息，擬問姮娥。

前調 紀夢 附

鶩翁

芙蓉殘夢驚回，禪意冷湖猜。誰分秀句，嶺雲特髻，花雨雙鞋。 一語當前誰轉得，話清凉、塵境休迷。分明指點，水雲面目，瓶鉢歸來。

夢遊蘭若，若有長老問侍者名，侍者誦「芙蓉湖上三更面」，并指門外云：「此水前爲熱湖，後爲冷湖，衹隔一堤，而芳意冷湖獨盛。」長老意似未慊，且曰：「冷熱一境，世界盡然，誰隔也？」然夢中僅見二侍者，長老則聲影并未相接，不知何以得其言意。繼復得「嶺雲」八字，與前夢在若斷若續間，是一是二，不復能識矣。庚子閏八月十二日，半塘僧鶩夢醒記。

戀繡衾

鶩翁

博山平爇瑞腦芳，小簾垂、寒沁茜窗。驚夢到、長楸畔，暝堤空、煙鎖暮楊。鈿車羅幕前游認，馬蹄輕、塵换舊香。攙點點、青衫泪，倚吟鞴、西日恨長。

漚尹

哀蟬簾户半夕陽，漲麴瀾、一鏡萬妝。甚風起、干卿事，讓凌波、羅襪步凉。繡塵盤馬青門道，背西風、能理斷狂。莫忘了、鈿車約，夜深月、猶過女墻。

水精簾卷生夜凉，換羅衫、慵試靚妝。千萬恨、憑誰訴，倚熏籠、寒漏漸長。　天涯芳草知何處，要銷愁、除是睡鄉。憑夢到、江南去，怕醒來、依舊斷腸。

忍盦

蟬羅卷幕沁暗凉，倚繡韉、盤馬試妝。車過處、長楊暗，鎖千門、猶認夕陽。　鏡瀾寒約凌波襪，鈿生塵、蟾爇斷香。換江水、銷寒漏，月平西、猶夢夜長。

復莽

好事近

高柳曲池陰，記卧白雲秋夕。橫笛衆山皆響，正月生蒼壁。　接天烽火隔名藍，游事負雙屐。昨夜山靈相語，賸荒煙浮碧。

鷟翁

何處莫笳聲，吹動碧天秋色。閑數寒林鴉點，倚西風愁立。　傷心莫漫賦蕪城，花暗夢中筆。撩亂冷楓紅舞，尚牽人吟憶。

漚尹

簾雨破寒初，鐙外絮蛩聲濕。夢醒吴煙吴水，放新愁吹入。　似聞驚雁落西樓，歸興澹山色。明日春波寬處，與閑漚分席。

小小木蘭舟，桃葉桃根雙楫。平白一江春水，奈石城風急。六朝山色故青青，金粉舊游歷。吹落梅花多少，是誰家玉笛。

忍盦

酒醒夢初回，繞砌亂蛩聲急。又是黃昏疏雨，怕鄰家吹笛。秋來海燕尚西飛，消息玉關隔。休遣天涯霜信，更催人頭白。

復葊

吹水落秋陰，亂葉響林聲濕。笳暮雁驚寒雨，憶燕簾風入。玉關橫柳怕飛霜，笛暗倚樓月。何處木蘭烽火，記冷楓獨立。

蛩雨落燈昏，簾濕月黃風急。夢入蒼煙人語，動梅根消息。平蕪立處是天涯，愁賸一江碧。鴉外青青數點，似樓蘭山色。

夜行船

鶩翁

倦枕驚秋雙泪費。無人喚、玉妃梳洗。寶鏡生塵，賓花點鬢，贏得近來愁悴。

悶對羅屏書一紙。空腸斷、酒邊何世。翠被西亭，餘香猶凝，那惜夜凉如水。　　漚尹

獵獵凉熏飄晚桂。黄昏近、酒悲慵理。露脚斜飛，紅紗香濕，疑是故宫鉛泪。半壁滄洲殘畫裏。西風咽、笛聲不起。恨水離煙，仙槎何處，却趁撇波魚尾。　　忍盦

樓上看山新雨霽。西風冷、又吹愁碎。怕近黄昏，秋心萬點，驚逐亂雲飛起。似水年華拚一醉。空惆悵、錦書來未。無恙宁臺，舞葱歌倩，恰在斷鴻聲裏。　　鷲翁

訴衷情 用夢窗韻

水雲如夢阻盟漚，煙草亂汀洲。寂寥幽意誰會，愁入曲江秋。空攬鏡，漫登樓，暗吴鈎。青山隱几，烏角尋鄰，臣甫低頭。　　漚尹

支笻客意倦於漚，飛夢落濱洲。凉風吹墮南雁，怨入水葓秋。無意緒，問西樓，舊簾鈎。管絃何處，落葉空宫，凝碧池頭。

忍盦

往來消息問盟漚，風冷白濱洲。綺窗殘夢驚起，長笛一聲秋。思往事，獨登樓，月如鈎。萬般幽恨，一晌含情，嬰武前頭。

復葊

蒼茫煙海點浮漚，鄉夢墮西洲。黃昏低訴殘角，紘入漢宮秋。風過雁，水明樓，隱簾鈎。數聲涼月，一夜蘋花，夢白烏頭。

前調

鶩翁

無邊光景只供愁，衰鬢不禁秋。關山今夜明月，誰唱大刀頭。征雁遠，野煙浮，倚曾樓。荊高何處，冷落金臺，日澹幽州。

漚尹

瓦盆酒薄不澆愁，有分是悲秋。雁聲將夢和淚，飛過海西頭。邊日澹，陣雲浮，莫登樓。故鄉何處，賸水殘山，却望并州。

忍盦

菰蒲風起雁聲愁，凉動玉關秋。黄昏幽恨誰訴，哀角又城頭。西北望，亂雲浮，幾高樓。不堪回首，海色蒼茫，煙點齊州。

謁金門

鶩翁

霜信驟，消得驚秋人瘦。昨日紅蓮今日藕，斷腸君信否。人世悲歡原偶，休怨雨雲翻覆。寶玦珊瑚珍重取，五陵佳氣有。

漚尹

人去後，絲管花房春瘦。木客啾啾歌拍手，奉觴千萬壽。城挂離離星斗，風咽沈沈街漏。明滅漆鐙紅似豆，打門霜滿袖。

忍盦

春去後，簾外落花風驟。無賴心情慵刺繡，畫眉新樣鬥。一曲紅牙依舊，誰見月中人瘦。勸酒殷勤憐翠袖，夢回腸斷否。

春斷漏，夢咽風鐙如豆。不見斷腸單見瘦，怨紅君見否。　誰信畫眉新門，翻怨春慵人舊。一樣落花人去後，見蓮休見藕。一作「心見蓮房絲怨藕，取蓮將刺手」。　復莽

醉落魄　題復莽歸隱圖

關山難越，經時夢斷江頭檝，畫圖聊慰相如渴。顧影徘徊，月是故溪月。　先生歸計吾知決，天寒芳草愁銷歇，筇枝健步郫筒滑。不聽啼鵑，底事聽鳴鴂。　鷟翁

青山一髮，雁聲無際雲重疊，扁舟未是歸時節。萬里麻鞋，愁向杜陵説。　幾年不泛苕溪月，故園空負梅花發，天涯一樣愁啼鴂。夢裏閑漚，分占素波闊。　漚尹

舊遊一瞥，海天飛渡身如葉，杜鵑啼起鄉心切。濯錦江邊，歸夢水雲闊。　燕臺落日金明滅，玉簫聲斷芳尊歇，西風瘦馬應愁絶。別後相思，千里共明月。　忍盦

鬲谿梅令

鷺翁

五年閑却繡工夫，舊情疏。又是花枝鸞鏡、巧相扶。翠鈿還記無。巫雲明滅夢回初，小踟躕。珍重河魚天雁、數行書。紅綃千淚珠。

漚尹

別來歡事太稀疏，懶妝梳。水遠山長無路、問魚書。報君雙淚珠。相逢翻恨鏡鸞孤，且斯須。收拾零香殘粉、似當初。斷腸君念無。

故山昨夢短笻扶，枳籬疏。留得冷香殘蘂、兩三株。伴人雙玉壺。朝來有客報雙魚，勸歸與。莫待笛聲嗚咽、滿江湖。舊情和夢孤。

忍盦

碧油歸夢内家車，有誰如。惆悵鳳城消息、又雙魚。病蘇愁未蘇。驚鴻洛浦下徐徐，底躊躇。點檢淚痕茸唾、未模糊。畫堂攜手初。

復荅

別腸堪斷憶來初，見時疏。記得數行雲雁、報雙魚。鸞綃當鏡梳。花枝閑繡夢雲孤，遠山扶。無分報君分鈿、重還珠。咽聲和泪無。

浣溪紗

鶩翁

日落西亭酒醒時，忘機漚鳥近人飛，愁生翠被玉谿詩。冰繭閑看書細字，玉猧爭肯拂殘棋，倚闌無語獨歸遲。

漚尹

零落秋香生桂枝，小庭風急畫簾垂，淺吟殘醉總凄迷。填海斷無精衛恨，傷秋還有子規啼，行雲何日是歸期。

忍盦

樓上看山睡起時，弄晴微雨細絲絲，一川煙草尚凄迷。拾翠人來春去早，落紅風定燕歸遲，畫闌長日費相思。

前調 又一體

鶩翁

胡蝶成團高下舞，亂紅有意將春去，煙暝平臺千萬樹。南園影事還堪數，泪眼倚樓頻獨語，催花莫待黄昏雨。

漚尹

五里東風三里霧，小屏山上桄榔路，夢裏送君騎象去。歸來細訴雙鸚武，密約鸞釵還記否，淚盡蘭堂攜手處。

忍盦

半晌花前無一語，倚闌目送征鴻去，一片秋聲千萬樹。天涯倦羽愁風露，啼盡相思無著處，碧雲冉冉秋將暮。

海棠春令

鷺翁

翠陰濃合閑庭院，露紅静、春寬夢遠。繡幕儘低垂，已被流鶯見。錦城芳事笙歌斷，更攜酒、開簾待燕。無賴是楊花，不把閑愁限。

漚尹

雪消蕙草春寒淺，畫橋外、晴絲細卷。漸有踏青期，料理閑鍼綫。去鶯來燕誰家院，倚闌憶、回波舊怨。兩袖落梅風，春比江南遠。

舞衫零落歌塵散，篆煙燼、重簾不卷。欲起畫蛾眉，無奈心情倦。

忍盦

畫樓幾處閑鶯燕，又飛傍、紅香翠軟。惆悵落花時，春在誰家院。

復荼

翠闌迴合愁春遠，舞衫在、香銷繡斷。暮燕幾時來，待夢重簾見。

楊花細落流鶯怨，傍春草、歌塵又散。絲卷待成蛾，欲起春情倦。

醉桃源 用夢窗韻

鶩翁

驚塵飛雨度年華，邊聲咽暮霞。酒懷不逐亂愁加，憑高雙眼花。

空掩泪，底回車，飄零四海家。有人歸夢祝檣鴉，雲帆遼海斜。

漚尹

常時妝靨怯鉛華，睡殘消酒霞。尊前遮莫舊愁加，銀釭今夜花。

紅錦字，碧油車，春深小謝家。可憐綵鳳已隨鴉，翻嫌箏雁斜。

酒瓢詩錦誤年華，秋心付落霞。多情無奈病愁加，撩人堤畔花。驚擲果，笑停車，春深弟幾家。東風墻外兩三鴉，生憎日影斜。　忍盦

柳梢青

鶩翁

曉色參橫，短棚秋靜，支枕殘更。雲外鐙昏，日邊人到，消息閑聽。柳絲綰恨津亭，問酒醒、今宵未曾。十日清游，平原約在，愁上眉棱。

漚尹

倦酒移更，留連淺醉，驀喚雲行。誰與商量，嬌春白袷，啼夜紅冰。當時綵伴娉婷，夢隔斷、瑤臺幾層。難道東風，消愁不盡，依舊籠鶯。

忍盦

一醉瞢騰，吟牋賦筆，都付山僧。安樂窩中，霎時消受，風月三更。孤邨煙水冥冥，恨雲外、飛鴻數聲。放鶴亭邊，呼僮記取，莫負詩盟。

倦醉都醒，斷雲一夢，殘月三更。鐙外鴻冥，吟邊隺瘦，聲在層雲。　清游孤負春盟，綰煙柳、東風又青。約恨瑶箋，支愁山枕，銷盡紅冰。　復葊

鳳來朝

熱泪向風墮，壓城頭、壞雲磊砢。正黄頭市飲、歌相和。歎回面、有人過。　目斷西征烽火，動哀吟、杜陵飯顆。自滅燭、深宵坐。又點點、亂燐大。　鶩翁

老屋卷風破，笑龍鍾、苦吟飯顆。便歌哀絃獨、無人和。不辭向、恨中過。　客路哀蘭凄朵，暗消磨、酒腸磊砢。問底事、披衣坐。枕畔落、雁聲大。　漚尹

鏡裏翠顰嚲，悔一春、看花計左。又匆匆節候、櫻桃過。要料理、鬧紅舸。　不記玉釵聲墮，點餘花、粉香半涴。約射覆、分曹坐。莫負了、夜燈課。　忍盦

睡起髻雲嚲，倚殘更、玉鑪撥大。倩鸞牋密密、心情裹。點點是、泪痕涴。　屈

指歸期偏左，記紅樓、幾回夢過。自別後、愁無那。寶鏡掩、黛眉鎖。

回笑破櫻顆，掩眉顰、翠雲半嚲。更撥絃記節、花深坐。釵和泪、倚聲墮。

復莽

夢裏一春閑過，理雲牋、雁期又左。暗粉枕、指痕涴。悔鏡約、負蘭舸。

鶩翁

杏花天

青桐翠竹驚涼吹，誤多少、相思睡味。夢闌不分人憔悴，腸斷熏香被底。空憐取、北征客至，更休倚、東方婿貴。蕭臺鳳去春雲脆，還惜題紅舊字。

遥天白雁參差起，袖寒重、玉樓倦倚。孤吟泪濕西風字，心事清霜鏡底。空回首、長門價貴，更誰識、文園病悴。行雲不解將愁寄，惆悵琴心夢裏。

漚尹

風埃半掩長蛾翠，袖香涴、鸞熏不洗。尋芳誤入千紅地，誰許凌波步起。歸期說、回文錦字，更休問、空梁燕子。不成真負春帆意，腸斷啼鵑萬里。

忍盦

西風不爲銷殘醉，苦吟望、江湖滿地。青衫多少悲秋意，都被啼鵑攪碎。憑誰寄、天邊雁字，但畫取、殘山賸水。高樓西北浮雲起，腸斷斜陽影裏。

復莽

西樓涼雁浮清吹，望雲起、回風掩泪。題紅霜滿都無字，吟斷秋風錦水。怨空鏡、長蛾洗翠，悵殘夢、鑾熏涴被。玉闌解識斜陽意，影畫迴腸萬里。

少年游

鶩翁

年時簪菊翠微顛，秋色滿群山。雁路携壺，漚鄉散策，都作等閑看。而今風雨重陽近，病骨怯新寒。如夢如醒，無花無酒，獨自倚闌干。

年時花底酒杯寬，一笑墮攲冠。噀雨芳枝，驕風玉勒，高閣卷簾看。而今舊賞

漚尹

拏雲心事記當年，天路許追攀。玉帶金魚，美人名馬，文字待藏山。而今憔悴干戈裏，老子已癡頑。霜後秋菘，雨前春茗，一覺足千歡。

池臺換，哀雁落歌前。清渭東流，似聞嗚咽，流恨武功天。

忍盦

髩雲新貼翠花鈿，纖指弄春絃。欲語佯羞，傳情微笑，風韻記當年。而今雲雨巫山冷，無路寄銀牋。眼底新愁，眉尖舊恨，和夢到君邊。

復葊

花前綠酒借芳顏，簾卷看秋山。霍醒霜高，雁凉月墮，江海各飛還。重陽又近關山冷，愁字寄人看。絃語西風，書沈渭水，十指幾聲寒。

前調 又一體

鶩翁

孤光憐月，衰顏借酒，杯底覺天寬。黃葉堆檐，青山繞屋，禁得帶愁看。休嗟白髮，離離垂耳，流浪幾時還。風雀驚心，江湖滿地，歸夢也闌珊。

漚尹

昨宵酒半，離聲傳恨，纖指十三絃。今日花前，酒痕猶在，獨對月華圓。泪銷不盡，就窗研墨，心事付紅牋。天雁河魚，寄書容易，惟有寄情難。

忍盦

孤懷千里，天高秋净，風急雁聲寒。緑酒多情，黄花如笑，偏在此時看。凄凉一片，西樓月色，依舊向人圓。鼓角聲沈，關河夢醒，休更倚闌干。

畫堂春

鷲翁

清歌都作斷腸聲，小園斜月朧明。海棠濃睡近三更，誰喚春醒。自是楊花輕薄，等閑易逐浮萍。墜歡如夢隔銀屏，慵訴心情。

漚尹

春殘時節亂鶯聲，緑窗好夢頻驚。手挼花片下階行，雙袖寒生。點頷羞紅初褪，斂眉愁黛微横。薄妝猶得傍雲屏，莫道無情。

忍盦

一枝穠艷舊傾城，香車綺陌烘晴。惜春珍重護花鈴，天與多情。驚起鶯邊好夢，天涯芳事飄零。廣陵凄絶斷腸聲，哀怨誰聽。

復莽

海棠薄睡護春晴，隔花香綺雲輕。綠窗斜月一聲鶯，歡夢頻驚。喚起妝傾銀燭，來時羞傍雲屏。多愁天與是多情，愁伴花醒。一作「知爲誰生」。

河瀆神

鶩翁

雲壓雁風低，寒沁瑤窗夢迷。漏長愁聽汝南雞，故關客未成歸。聞道南枝消息轉，驛使殷勤千萬。攀折休辭人遠，等閑魂斷羌管。

漚尹

燭樹蠟煙微，花袍白馬來時。天吴移海綠塵飛，日夕靈風滿旗。濕霧冥冥斑竹院，野鴉如陳迴旋。帝子不歸秋晚，單衾空夢銅輦。

忍盦

香冷夢回時，綵箋慵訴相思。蕭娘端不恨來遲，替人閑畫雙眉。朱嬌翠靚春無限，忙煞故園鶯燕。一任落花千片，東風簾外吹卷。

東望海塵飛，青山萬騎來時。霧花零落綵鸞啼，紅墻十里煙迷。八琅靈曲宮商換，沈醉瑤池宵宴。開遍宮牙小蒨，芙蓉城畔誰見。

平地海塵吹，一篙春水來時。竹斑千點濕花啼，霧下雲翻畫旗。

雁斷，靈風千萬吹轉。不怨綵鸞歸晚，漏長海水清淺。

更漏子

繡簾低，煙穗直。寂寞畫屏秋夕。榆塞遠，雁書回，始終情費猜。

下課，閑夢新來慵作去。弓樣月，兩頭纖，歸期九月三。

玉搔頭，金夾膝。長記憑肩蘭夕。歌未闋，蠟成灰，一雙箏雁飛。

信左，顰得兩蛾深坐。尋昨夢，斂春纖，當花一面簾。

柳煙輕，花霧密。春去更無消息。香半冷，夢初回，海棠何處開。

眉鎖，惆悵燕鴻偏左。多少恨，寄江南，錦牋和淚緘。

復葊

秋逗漏天回

鷟翁

酒邊吟，燈

滬尹

去程賒，歸

忍盦

黃昏過，黛

錦回春，屏畫夕，當月蘭鐙初息。箏雁冷，翠眉低，鑪香消繡衣。　　復莽
蠟緘牋，金鬣鎖，尋夢一春閑過。花密密，月纖纖，燕歸深下簾。

武陵春

鷲翁

風月無端鶯草草，漫擊唾壺歌，攤飯澆書事儘多，愁奈老大何。　一笑軒髯天付與，雅稱鬢雙皤。少日心情倦鳥過，春夢尚濃麽。

漚尹

花裏行歌鐙下醉，春至會婆娑，走馬燕支何處坡，年少五陵多。　莫笑秋來雙鬢改，風味近頭陀。酒冷香消一任他，清泪在銅駝。

忍盦

秋月春花閑負了，無計補蹉跎，壯不如人奈老何，一醉且由他。　聞説武陵風景好，收拾釣魚蓑。紅樹江邊笑語多，從不解風波。

雙鬢驚秋從一笑，且飲且當歌，少年三五夢成婆，無計奈春何。

復莽

漫醉燕支銷與泪，風景問銅駝。花間稱補一漁蓑，紅樹有詩麼。

愁倚闌令

鶩翁

風侵幕，月窺廊。怨更長。訴盡枕函多少恨，是啼螿。心事休更參商。釵鈿約、記取蘭房。莫似秋棠顏色好，斷人腸。

漚尹

春陰薄，雨絲涼。却斜陽。花下斑騅留不住，泪千行。何處煙水微茫。無人伴、晚景屏張。學畫江南渾不似，似瀟湘。

紅情密，翠眉長。杜秋娘。欲買千金應不惜，楚雲狂。孤負蘸甲清觴。年年記、一種凄涼。今夜西池明月到，小迴廊。

梨花月，過西廂。暗塵香。衫袖醉痕花唾在，洗新妝。正是拾翠尋芳。滿城但、風雨凄涼。屏曲巫山和夢倚，楚魂傷。右二首集夢窗句。

忍盦

金閨寂，水沈香。晝初長。新睡覺來無箇事，繡鴛鴦。　樓外一角斜陽。無人處、重理殘妝。説與閑情渾不管，燕雙雙。

復莽

蘭閨寂，幕重張。怨秋長。留住雙煙絲不斷，水沈香。　風止雨住花涼。枕函泪、莫似瀟湘。畫取繡屏山一角，是斜陽。

蝶戀花 和復莽韻

鷺翁

海色雲光搖不定。愁裏天涯，畫裏屏山影。下九似聞消息近，遊仙斷夢回孤枕。　難洗啼妝慵對鏡。眉黛脣脂，都是相思印。數遍落紅春未醒，流鶯啼老垂楊徑。

漚尹

歌豆抛殘紅不定。續續春絃，隔住低鬟影。消息雲屏知遠近，泪珠一夕淹芳枕。　自寫相思還背鏡。封入羅牋，都是啼痕印。殘酒天涯何日醒，無言却步飛紅徑。

狼藉落花風不定。翠袖單寒，獨立斜陽影。夢裏似聞歡事近，起來泪濕鴛鴦枕。

忍盦

憔悴花枝還照鏡。强理殘妝，點點愁紅印。葉底嬌鶯慵未醒，采香休到蘼蕪徑。

復莽

花隱櫳明更乍定。月下簾旌，先畫秋韆影。漸展花枝行漸近，娟娟扶上屏山枕。轉向窗心移入鏡。燭暗西帷，前後花交印。滿眼離愁窺夢醒，緑塵一夜苔生徑。

賀聖朝

鶩翁

紅綃私語傳新燕。話心期誰見。桃陰香徑又成谿，隔笑春人面。落英隨水，輕塵漾麴，比閑愁深淺。手持環玦問東風，漫後期還綣。

花前苦語情如見。話嬌春雙燕。東風夢斷謝堂深，任巫雲天遠。喁喁如和，盈盈似笑，漫微波猶綣。玳梁明月照雙凄，是誰家庭院。

漚尹

翠雲黃雀高樓畔。倚玉梯人倦。短綃封泪寄天涯，訴春機新怨。　江蘺搖落，何曾採擷，入吳郎詞卷。尊前枉自諱相思，奈東風情淺。

忍盦

芙蓉寂寞山屏展，悵玉闕人遠。落紅也解識春愁，比年時深淺。　淒涼芳事，空教杜宇，向天涯魂斷。可憐嬌燕尚雙淒，又西風催晚。

復葊

微波傳語人誰見，怨夢長春短。枉教紅泪訴春機，濕西飛雙燕。　玳梁月照，解如人語，奈隔花人遠。相思自有夢成時，只堂深天遠。

滿宮花

鶩翁

樹參差，雲懵懂。塵暗道山銀甕。野烏啼上女牀枝，鴛瓦夜寒霜重。　大旗翻，征鼓動。蜃外樓臺如夢。金仙分得素娥愁，泪結敧盤清汞。此詞「懵懂」「蜃汞」四字皆詩牌所無，以借用過多，罰令再作復成二闋。漚、忍二公皆從而和之，獨未見跋，共得九闋，爲向來所未有。

天下事，顧不利用罰哉！九月初三夜記。

賦閑情，思昨夢。顛倒鈿蟬釵鳳。早知紅豆賺人多，多事當階親種。舊絃移，鄰笛送。雲壓梁塵不動。渭城歌斷酒闌時，明日扶頭愁重。

漚尹

卷金泥，收玉鞚。才識相思親種。返魂香燼已多時，還宿花房孤鳳。理新愁，牽舊寵。斟酌鈿釵輕重。紅梔枉祝結同心，淒斷并禽秋夢。

嶽蓮開，羌笛弄。寶馬香鞭微控。繡紋羅地點塵無，不許行雲相送。細香消，殘酒中。愁掩畫屏雙鳳。枕函敲斷玉釵頭，早晚飛瓊同夢。

忍盦

偃青旗，迴紫鞚。不待驪歌催送。無情海燕只西飛，玉笛誰家吹弄。亂雲堆，愁緒涌。又續南塘殘夢。舊時顏色負東風，記取天寒霜重。

酒痕銷，寒意重。寂寞繡衾孤擁。愁來檐鐵一聲聲，和雨和風相送。舞衫輕，歌扇弄。悵觸舊歡如夢。多情應悔種相思，今夜相思誰共。

前調 戲作

鷟翁

柳車焚，嘉果供。珍重五窮親送。咄哉斗米不能神，結束蕭仙安用。嘯塵梁，窺鲊甕。愧爾揶揄情重。妄言妄聽老東坡，今日也應色動。

漚尹

雨冥冥，聲隱隱。新故迷離難認。終南進士爾何人，贏得黎邱一哂。載車來，求食溷。瞰盡高明休恨。君如解唱鮑家詩，焚却阮瞻高論。

忍盦

嘯楓林，披薜荔。夜半吹鐙風起。雷門一過解聽琴，凄絶啾啾聲裏。畫靈官，稱録事。驅爾陰山無計。鶡頭兔骨逐塵來，也向人間遊戲。

鶯聲繞紅樓

鷟翁

消息青禽問有無。纏綿意、裙帶親書。是誰垂泪解還珠。愁入合歡襦。花影迷鸞鏡，秋風冷、夢遠平蕪。金蓮隨步底須扶，暗塵上氍毹。

漚尹

一夜風凋翠井梧。夢回見、蟾冷流蘇。海山回首泪模糊。還説鈿釵無。愁結雙條脱，驚魂戀、八九凄烏。碧陰零落鳳巢孤，顔色奈羅敷。

忍盦

零落花鈿病起初。銀屏側、嬌倩人扶。年時針綫總生疏。閑却繡羅襦。情向天涯寄，斷腸處、小字親書。花前欲語又躊躇，還矜玉顔無。

南鄉子

鶩翁

山色落層城，不爲塵多減舊青。只有看山前度客，愁生，獨倚高樓眼倦橫。檐角暮雲停，懷遠傷高泪欲傾。昨夢橫汾西去路，聲聲，塞雁驚寒不忍聽。

殘雨滴疏更，秋在涼雲弟幾層。此際素娥方耐冷，凄清，敲折瑤釵調不成。綃帕泪痕凝，倦酒無多帶夢醒。提起謚簫捐扇事，盈盈，似水清愁一夜生。

漚尹

酒醒雁南征，滅燭空堂欲二更。消與愁人多少泪，聽聽，莫是西樓昨夜聲。涼重雨難成，雨外煙蕪有斷程。記得十洲殘夢影，秋清，水殿風香月正明。

忍盦

金粉舊林亭，惆悵花時幾度經。葉葉西風吹不斷，秋聲，虧得文園帶醉聽。煙冷月朧明，夢醒凄涼百感生。不道紅樓春易暝，傷情，一角殘山分外青。

秋信怨飄零，寒重香消夢不成。細説歸期歸也未，無憑，不信雲山有萬層。莫放酒杯停，愁到深時酒易醒。一晌花前渾不語，含情，目斷飛鴻數去程。

迎春樂 用清真韻

鷟翁

行歌醉哭狂蹤跡。嗟垂老、杜陵客。又西風、冷逼銅駝陌。愁暗結、霜蕪側。不信屋烏頭解白。只無計、勞生容息。落日滿城塵，驚望眼、迷南北。

漚尹

何時剗盡飛揚跡。貪緣作、酒壚客。便吹簫、醉倒坊間陌。埋我向、陶家側。撲地霜花來雁白。問清渭、東流消息。樓上望神州，愁渺渺、闌干北。

梅邊舊事渾無跡。空憔悴、五陵客。好春光、不到垂楊陌。歸夢繞、湖山側。一夜扁舟涼月白。水雲冷、蘆花風息。看遍六朝山，青不斷、江南北。　忍盦

喜團圓

牢愁欲畔，長貧有約，短夢無痕。驚看鏡裏頭顱在，且料理閑身。艱難一飽，書成乞米，秋到思蒓。輸他輭嚼，牛心行炙，人乳蒸豚。　鶩翁

歡期暗逗，青鸞遠信，紅蟻深尊。秋妝催得黃花雨，洗羅韈輕塵。鐙花一笑，屏山依舊，月暖香温。惱人只有，侵階草色，上枕梨雲。　漚尹

櫻桃落盡，重簾不卷，微雨初塵。一春長爲花枝瘦，更無計留春。東風狼藉，何曾管汝，墮溷飄茵。年年啼斷，鶯邊綺夢，月底香魂。　忍盦

上行杯

鶩翁

侵階落葉秋陰重，鄰笛驚隨清梵送。門巷依然，賭酒盟詩憶往年。迴腸斷盡身猶在，翻羨騎鯨人大快。鶴響天高，華表魂傷莫漫招。悼徐仲文侍御。

游塵亂拂嵐雲動，駿馬名姬花底鞚。夾徑琅玕，舉扇匆匆欲障難。酸風如箭催人快，象齒熏殘春夢改。又是今宵，月落蒼山雁影高。

漚尹

玉人無力東風重，沙路馱歸樺燭送。不繡雙鸞，奪得銀篦理睡鬟。亭亭荷柱金塘外，零亂夗央空娖隊。一尺江潮，啼露紅妝傍鏡消。

兩蛾愁黛行煙重，黃月半窺簾影動。佯背闌干，僥倖花前一拜難。西風禁斷殘香在，不見繫春雙鳳帶。又是今宵，簾外清霜上柳條。

忍盦

城頭哀角聲聲動，風急天高秋雁送。短夢驚殘，落日金臺眼倦看。悲歌擊筑渾無賴，老去狂奴猶故態。瘦馬西郊，黃菊招人過野橋。

流蘇半掩春寒重，寂寞香衾誰與共。幽恨綿綿，殘酒醒時聞杜鵑。釵鈿密約分明在，不見音書回雁塞。夢也無聊，夢裏關山路更遥。

醉花陰 重九擬易安

鶩翁

愁似秋山常滿檻，酒味還輸釅。佳節又重陽，小院低窗，一例沈沈掩。黄花也似吟情減，自倚風依黯。禁得幾銷魂，丁屬姮娥，莫遣修眉斂。

漚尹

怕酒慵歌門自掩，百事忘拘檢。佳節又重陽，釵朵安排，只是黄花欠。閑愁似水誰濃淡，有鏡霜新染。休去倚闌干，歸雁行邊，一樣山眉減。

忍盦

樓上看山青幾點，霜葉紅於染。佳節又重陽，持底澆愁，酒入愁腸淡。冷煙疏雨秋容暗，共小屏深掩。憔悴惜花心，花也憐儂，一例風情減。

憶秦娥

鶩翁

邊雲裂，憑誰鑄得腸如鐵。腸如鐵，烏頭馬角，潮生潮滅。泪珠彈向西風熱，天長夢繞關山月。關山月，秋笳聲斷，暮鵑聲咽。

霜花裂，秋杯倦潑愁重疊。愁重疊，西風吹旋，一城黃葉。

衰蘭送客咸陽月，金仙有泪和誰説。和誰説，昭陽宫殿，斷鴻明滅。

漚尹

青山萬樹啼鵑血，風流歇，悲歌倦倚南樓月。南樓月，一聲腸斷，玉簫吹裂。酒杯不解愁千結。愁千結，鄉關何處，亂雲黃葉。

忍盦

紅羅襖

艷冷霜花淡，寒重雁聲高。歎鐙外秋風，幾回吹换，黃簾緑幕，夢雨蕭蕭。暮雲遠、思渺江皋，何來六翮扶摇。楚些斷魂招，對落月、定識鬢華凋。

鶩翁

細竹鐙窗曙，啼夢濕紅潮。記前度微波，嬌春羅韈，舊時明月，流怨瓊簫。問春去、誰拾蘭苕，愁披短札吴皋。錦瑟不須調，話舊約、翠翼也魂消。

漚尹

忍盦

桃李無顔色，風雨妒花朝。怪簾底鶯聲，纔蘇曉夢，柳邊燕語，却戀香條。爲春瘦、微損春嬌，盈盈淚雨休抛。莫更鬥纖腰，説往事、禁得幾魂消。

復莽

對鏡春魂遠，夢見隔花招。悵再到劉郎，自修簫譜，私窺卓女，可有琴挑。記簾外、小袖鸚調，人前學語輕教。屏麝晝長消，憶往事、再莫説前朝。

燭影摇紅

鶩翁

別夢西園，輕鶯啼破金籠小。瑶簪撥火炙銀簧，香篆檀心嫋。惆悵歌雲暗繞，早忘却、相思舊調。髩毛拂處，鏡霜應媿，宫花壓帽。

漚尹

泪盡金仙，携槃却出横門道。凉雲籠雁雁啼秋，露泣香蘭笑。孤鳳行煙傍曉，帶殘夢、紅墻縹緲。石鱗荒水，西風不管，低螢自照。

倦對西風，杜鵑啼斷湖山曉。飄零從古怨青衫，不是秋偏早。　何處咸陽古道，但千里、黃雲白草。酒醒人遠，渭城休唱，何戡漸老。　忍盦

霜月欺鐙，竹聲篩泪搖窗曉。衰蘭送客怨荒凉，莫指咸陽道。　落葉堆愁不埽，似人走、空堂雨嘯。語疏欲斷，夢來何處，鐘聲尚早。　復莽

巫山一段雲

秋色吴生畫，溪聲賀若琴。點塵不到碧山深，詩意淡相尋。　與往休懷古，愁多莫論今。閉門寒月照疏襟，身世老書淫。　鷺翁

珠帳銷春繡，金鑪起夕沈。禁花零落幾猨吟，容易是秋陰。　遠黛窺眉小，微波抵泪深。九疑山色上屏心，惟有夢來尋。　漚尹

蕭瑟江關賦，淒凉澤畔吟。湖山佳處漫登臨，愁思與秋深。　徑醉非關酒，無絃却解琴。花開花落兩無心，彈指去來今。

忍盦

品令

晚風低颺。正簾外、月波愁漾。仙夢暗逐春絃宕。翠池佩影，花隱鴛鴦浪。　拍手歌呼鐙火上。更斟情碧釀。千嬌凝睇迷珠網。待將花樣。圖入新屏障。

鶩翁

翠籠鶯放。玉笙喚、行雲來往。心事一葉宮溝漾。舊香舊色，長是妝臺傍。　阿濫新催花底唱。又窺人眉樣。月斜鐙蘂迴秋帳。累儂惆悵。隔巷箏絃響。

漚尹

碧天秋爽。酒波釅、和愁都釀。攬鏡白髮悲千丈。虎頭燕頷，空説封侯相。　萬里長鯨吹海浪。怕憑闌西望。湖山歌舞渾無恙。酒人安往。日暮邊聲壯。

忍盦

歸去來 用屯田韻

鷺翁

過了黃花雨。風林净、亂山無數。流光難綰垂楊縷。甚牽愁、偏易住。昏昏八表雲停處。攬江草、黯然離緒。琵琶訴盡關山苦。情難寄、塞鴻去。

漚尹

幾陣黃昏雨。屏山底、恨無重數。不辭檀板翻金縷。一聲聲、風咽住。斷橋煙水銷魂處。怪攜手、憑肩無緒。行雲未解鴛鴦苦。安排定、背花去。

忍盦

一夜春江雨。沙漚外、估帆無數。垂楊做弄愁千縷。甚風情、留客住。天涯那是銷憂處。便醒醉、總無情緒。最憐花外啼鵑苦。年年送、好春去。

滴滴金

鷺翁

風花回首驚飄泊，畫堂深、幾春酌。舊雨晨星夢無著，歎人天蕭索。盤移泪共金仙落，甚凄凉、斷雲薄。滿眼滄桑舊城郭，漫怨吟遼鶴。

漚尹

香車自在流蘇絡，夜寒生、鳳衾角。不記金環甚時約，拼紅𦯀燒却。羅衣舊綺腰支削，燕輕盈、柳纖弱。試問風情爲誰薄，只小眉顰著。

忍盦

零香膩粉都抛却，暗塵封、舊妝閣。花外重諧錦𦯀約，伴春人離索。斜陽一綫紅闌角，畫屏深、舞衫薄。只怕霜寒雁聲落，把睡情驚覺。

惜春郎

鶩翁

靈椿坊裏閑風日。話影事愁極。清香燕坐，娵隅學語，猨鳥分席。晚節黃花香未得。膩老眼能白。幾向風、喚取撑犁，慘入暮天愁碧。

漚尹

暮天吹角青蕪國。膩泪眼長滴。烏啼廢隴，雁迷殘陣，空外霜白。夢裏雲山惟鬱北。又壞道湍激。問幾時、萬里麻鞋，魂爲杜陵招得。

小𦯀封泪桃花色。待付與青翼。蘭房夜暖，膽娘猶怯，箏雁消息。心似春絲牽不得。枉玉虎携汲。料翠眉、不隔巫峰，自是楚雲無力。

忍盦

海棠偷展春消息。趁舞扇歌席。東風醉倚，夕陽紅透，風韻猶昔。錦字零星誰省得。有斷夢相憶。費夜來、染盡燕支，憔悴舊時顏色。

醉鄉春

鶩翁

星斗離離高挂，雲外槍旗如畫。石獸咽，塞鴻飛，和我槌牀悲詫。莫向長城飲馬，花豹明駝相亞。動霜管，起邊愁，思量越石何人也。

昨夜雨疏風亞，紅紫一番嬌奼。恰又是，踏青時，愁入越羅裙衩。香性擣塵研麝，樂事翻圖打馬。漫容易，說琴心，相如病渴文君寡。

漚尹

秋盡漁陽城下，城上老烏啼啞。自酹酒，問荆高，誰實解憐卿者。滿目兩悲雲詫，望極中條太華。幾時有，塞鴻來，風前說與滄桑話。

絮點綠塵凝榭，愁見卧枝花亞。記錦瑟，與人長，占斷真珠簾下。更點晝譙初打，不是年時月夜。便相見，也尋常，一春長是湘絃卸。

忍盦

冷落舞臺歌榭，蛛綱暗塵低亞。萬籟寂，百憂來，空有泪珠盈把。霜重月明遥夜，一派秋光如瀉。倚殘醉，問西風，畫闌幾度花開謝。

露冷月明鴛瓦，孤枕夢回遥夜。倩錦字，寫相思，依約去年情話。背鏡黛眉慵畫，暗祝歸期近也。曲廊悄，怯人行，塞鴻幾陣驚霜下。

惜分飛

鷺翁

挑盡鐙花無好意，寒沁茸裘似水。一晌危闌倚，斷雲和恨參差起。隱隱關河殘月裏，除是方諸有泪。廿五秋更碎，睡濃那惜霜天悴。

漚尹

草草蘅臯分手地，凝望高樓獨倚。歸去須沈醉，燭花休替人垂泪。腸斷蕭娘書一紙，誰識行間密意。不作迴帆計，眼看落日春潮起。

忍盦

日日花前小院春陰寒似水，寂寞殘紅滿地。密密金鈴繫，晝簾不卷東風醉。空費泪，舊夢驚回也未。留戀春無計，亂鶯聲在殘陽裏。

大好湖山結客五陵今倦矣，咄咄書空甚事。那是埋憂地，秋來但有憑高泪。容我醉，雲外沈沈戰氣。幾處夷歌起，萬峰日落煙光紫。

關河令

鷟翁

天涯何限舊侶。枉邊聲沈沈雁共語。作一天愁緒。望極關河，寒深雲欲度。自戀、樓臺高處。斷夢都忘，衾塵誰念取。

漚尹

飛花知墮甚處。又挑鐙無眠泪似雨。涴越羅金縷。已自忘歸，紅綃還寄與。撿得、劉郎殘譜。試問啼鵑，留春春許否。

忍盦

高樓吟望正苦。但琵琶聲聲按舊譜。放繡簾低護。一炷香消，憐伊紅袖舞。

立盡、沈沈風露。酒醒愁回，長門休更賦。

減字木蘭花

鶩翁

笑斟北斗，萬象在旁誰與友。休惜沈酣，世味酸鹹已飽諳。側身孤詠，鸞隺天高難入聽。豚柵雞凄，漫放雄心大華齊。

董龍雞狗，休道今無惟古有。轉語誰參，凄絶人天秘密禪。霜高天迴，雁訊催寒秋欲暝。莫問歸期。泪盡楊朱路已歧。

漚尹

亂鶯時候，刻意傷春春已瘦。貪卷珠簾，那管楊花撲繡奩。花酲未醒，闌角但偎殘照影。莫問西池，不要微波寄一辭。

談天有口，指點銀瓶惟索酒。把臂周聃，我是嵇康七不堪。昏鐙照定，罔兩何須頻問影。誰是誰非，放著青山自不歸。

忍盦

鐙花依舊，已是無聊翻病酒。夜夜愁添，那得移家向黑甜。簾櫳寂靜，落葉聲多風不定。獨起搴帷，雲漢沈沈一雁飛。

青山似繡，一笑相逢憐客瘦。睡起厭厭，不爲看山不卷簾。　碧空秋冷，望斷斜陽無雁影。殘酒休辭，待得愁醒兩髩絲。

天門謠

鶩翁

沈醉長安道。酹殘酒，望諸空弔。秋又老。換年時懷抱。　看似錦霜紅風葉掃。側聽青鸞音更渺。九月小。問瘦却、姮娥多少。

漚尹

交徑新陰小。試吟裏，賸寒猶峭。人意好。爲當樓殘照。　奈芳事輕隨春去早。滿路香塵酥雨少。隨處到。恨羅韈、不如芳草。

忍盦

秋夢湖山繞。暗塵換，髩霜催老。猨雀笑。甚歸來不早。　問雨笠煙蓑何處好。萬里風波愁渺渺。頻醉倒。怕醉裏、乾坤都小。

憶悶令

鶩翁

倚竹愁生珠未賣。算天寒同耐。當時悔嫁王昌，空怨吟誰會。密意傳羅帶。望飛鴻天外。等閑便、喚得春酲，應泪痕長在。

漚尹

昨夜蘭舟誰共解。有凌波人在。傷秋錯對菱花，長恨凝蛾黛。何事丁寧再。理合歡雙帶。不成怕、比翼連枝，將鈿釵盟改。

忍盦

惹得春愁深似海。怨東風無賴。可憐歷亂鶯聲，依畫簾長在。夢斷紅闌外。怕歡期重改。有多少、倚鏡心情，描舊時眉黛。

留春令

鶩翁

碧空鴻信，遠音如答，虛廊葉走。比似年年惜秋心，只熱泪、多於舊。安得中山千日酒。任魂傷詩瘦。不信楓林夜來霜，尚不是、愁時候。

漚尹

晚春池館，水沈煙歇，山圍屏皺。略記初逢謝娘時，在梔子、花前後。金縷歌殘人去久。滿羅襟非酒。未必行雲没相逢，只煙月、銷魂彀。

忍盦

小庭花落，晚風寒峭，一池吹皺。早把春愁付啼鵑，更何苦、因春瘦。紅縷金鍼還似舊。只屏山難繡。欲卷珠簾又遲回，肯低放、銀蟾透。

雀沖天

鷺翁

風肅肅，雨凄凄，芳訊冷西池。碧梧零落鳳皇枝，池上野鴛飛。舊情牽，新句贈，履跡畫廊猶賸。此時下馬桂堂東，消盡氣如虹。

漚尹

含笑淺，弄妝遲，芳事去心時。繡鞍驄馬已空歸，還約燕來期。鏡屏移，花漏永，悵望女牀鸞影。自家簾幕夢中逢，翻道宋墻東。

秋盡後，雁來時，霜冷鳳皇凄。五雲樓閣是耶非，鴛瓦望中迷。　錦書來，天路迴，悵觸十洲風景。玉虛重到與誰同，彈淚向西風。　忍盦

萬里春

春寒爾許，那是惜花情緒。倚危闌、卍字迴旋，怕藏春難住。　鶯燕空傳語，漫猶是，倚簾吹絮。便玉門、解隔春風，有笛聲偷度。　鶩翁

紅朝翠暮，輕送年華如羽。誤秋娘、淺約宮黄，傍金波開户。　有約西湖去，又相對，落梅如雨。夜深寒、都是思量，問蒼波無語。集夢窗句。　漚尹

酸風苦雨，釀作凄凉情緒。似而今、天也多愁，待將愁誰訴。　沈醉東華路，算贏得，滿襟塵土。向天涯、無限低徊，在斜陽宫樹。　忍盦

河傳

鷺翁

春改，愁在，倚危闌。閑憶吟邊去年，隔花有時聞杜鵑。凄然，夢迷蜀國絃。

不信天涯人不老，悲遠道，目極王孫草。斷雲飛，歸未歸。休催，幾時流水西。

螺黛，多態，晚鶯天。愁裏依然管絃，夢醒翠禽啼未闌。無端，野田黃雀翻。

記否流蘇明月照，春未悄，情爲誰顛倒。畫堂西，花影移。倦歸，斷腸雙袖攜。

漚尹

簾外，寒在，雨珊珊。紅柱秋千半閑，畫梁晚春雙燕還。經年，兩蛾愁黛攢。

封泪鑾牋方勝小，春漸老，誰把芳心告。玉關西，殘照迷。那時，杜鵑和夢啼。

無賴，眉黛，淺深難。沈恨今年萬千，故臺花落銅雀寒。箏前，兩行閑泪酸。

濯錦江頭塵暗埽，鶯燕笑，還説街南好。柳腰肢，弱不支。除非，教花扶著伊。

忍盦

眉黛，情在，晚妝殘。獨倚闌干夜寒，玉蟾半斜人未眠。遥天，數聲征雁還。

銀漢沈沈愁不曉，霜信早，鸚語簾櫳悄。剪征衣，客未歸。夢回，玉關音信稀。

思帝鄉

鶩翁

更更，湛然秋氣清。愁問素娥今夜，若爲情。多少翠筵歌席，舞殘樺燭明。換盡廣寒風水、不成聲。

卿卿，鏡中雙笑生。寥落卅年襟袖，又蠻腥。不信嗣宗雙眼，向人還解青。那得子虛烏有、説生平。

漚尹

亭亭，手搓裙帶行。迴睇海棠斜日，下簾旌。行坐燕雙鶯耦，別愁容易生。拚與一春憔悴、莫多情。

忍盦

聲聲，打窗寒葉鳴。偏是夜深人在，小樓聽。樓外晚風吹起，遠山相向青。誰道落花飛絮、是飄零。

盈盈，酒痕和泪傾。天遠近來書信，也無憑。長是夢中相見，杜鵑催又醒。愁擁翠衾一角、峭寒生。

蕃女怨

鷟翁

冷雲橫抹秋冉冉，風過塵糝。驛邊沙，沙外樹，蒼然平楚。晾鷹調馬向時情，可憐生。

漚尹

謝堂愁緒千萬點，吹薄妝靨。翠鸞翅，金鳳縷，望春春去。繞花行近亂鶯聲，不能聽。

忍盦

幕南空磧霜黯淡，沙草如染。鼓三通，鐙萬炬，燕支奪取。海風吹起月朧明，漢家營。

半垂羅幕銀燭暗，眉黛長斂。枕邊書，絃上語，無聊情緒。塞門今夜幾秋聲，帶愁聽。

燕瑶池

鷟翁

酣歌擊缶空延佇。栩栩。白雲哀雁同度。關河暮，秋聲滿樹，危欄拊。戍笳催、山無重數。城陰路，煙蕪亂愁誰賦。傳心愫，絶無人處，衰楊語。

聽風聽雨簾櫳暮。故故。入懷輕燕雙語。傷春素，行雲似縷，消香炷。弄明珠、年年洛浦。鉛波注，愁生瑣窗雲霧。紅牙譜，周郎不顧，誰知誤。

漚尹

殘香飄霧青楊路。處處。押簾花底朱户。無人住，年時幾許，銷春素。小槽香、真珠紅注。摘絃柱，箜篌自作人語。公無渡，西風分付，潮回去。

勾陳元武相望處。暮暮。酒闌肝膽畢露。流螢路，何人畫取，蕪城賦。怕重説、安西都護。青驄去，秋燐自明殘戍。風吹雨，城頭爾汝，昏鴉語。

忍盦

春雲一縷因風度。處處。月明低按歌舞。驚回顧，紅牙舊譜，翻新句。倚殘妝、凌波微步。流鶯妒，碧桃樹下偷覷。多情誤，相思枉付，蠻牋署。

香車小住西泠路。樹樹。緑楊吹卷風絮。湖光暮，流鶯細語，催春去。算佳期、今春偏誤。丁寧訴，鈿釵舊盟休負。渾無據，含情自注，鴛鴦譜。

瑶池夜酺仙官聚。樹樹。碧桃花落如雨。觴王母，青虬擊鼓，黄鵠舞。望星河、沈沈不曙。霓裳譜，依稀廣寒高處。銀沙路，驂鸞此去，愁風露。

紅窗迴

鷘翁

絳蠟殘，春酌悄。小屏倚、閑數亂山，暗愁争上埽，隨刬旋生如草。望綿綿遠道。婰約難憑，玉笛翻處，生怕換却，舊日啼珠情抱。宫漏催、賸春多少，且酹花醉倒。

漚尹

點屐工，迴袖好。别來久、羅薦倦情，但愁遠道，零落舊家池沼。有東風雁到。怨唾歡痕，都入箏柱，凄咽喚起，簌簌文梁低繞。依舊催、好春殘了，悔相逢又早。

忍盦

玉笛催，霜信早。舊游處、深鎖綺窗，悄無人到，一片暮鴉衰草。怕黄昏近了。樹樹秋聲，重疊吹起，偏向旅客，攪碎愁腸多少。休再歌、羽衣殘調，有開元父老。

庚子秋詞甲卷終

庚子秋詞乙卷目録

定風波三　坿一　花上月令三
夜厭厭三　唐多令四　坿一
錦帳春三　江月晃重山三
山花子三　浪淘沙三
八寶裝三　醉垂鞭三
摘紅英三

起十月朔，訖十一月盡，凡閱五十九日。拈調六十一，得詞三百十三，附原作二，共三百十五。

庚子秋詞乙卷

西溪子

鶩翁

吟望鳳樓煙靄，城闕五雲天外。記年時，仙仗畔，春將換。捧出天書璀璨，風景又殘秋，殿西頭。

夢醒泪痕猶在，釵約鏡盟空待。聽檐聲，靈鵲賺，芳期換。愁絶渭川清淺，不怨木蘭舟，怨東流。

漚尹

鶯囀緑窗日在，山枕睡消顰黛。好春殘，人更遠，空腸斷。低語鳳篦金顫，攏馬寶釵樓，不回頭。

歸信雁門秋改，愁撚合歡羅帶。泪珠連，腸寸斷，空相喚。撥斷銀弸不管，迴睇問歌頭，换伊州。

燕趙悲歌人在，劇孟舊家傾蓋。急呼觴，筵未半，箏絃斷。酒醒驚沙撲面，將恨上高樓，望幽州。

忍盦

花底夕陽紅在，花外杜鵑無賴。夢初回，關塞遠，西風晚。玉笛一聲吹斷，紅袖最高樓，幾人愁。

春色二分猶在，依舊晚妝多態。隔花招，諸女伴，嬌無限。稱體越羅新換，斜日在簾鈎，不知愁。

簾底剪刀風快，眠起繡衾寒在。小屏山，天樣遠，愁腸轉。一日思君千遍，河上幾歸舟，怕凝眸。

四字令

鶩翁

牀琴罷彈，蘭膏自煎。長風孤雁聲酸，替靈均問天。霜嚴歲寒，星稀夜闌。舊時吹笛誰邊，算梅花可憐。

妝螺態妍，題裙意牽。似嫌名字冰寒，著猩紅幾斑。鶯簾自搴，蠻靴笑看。凄凉香茗華年，倚墻花放顛。

漚尹

緑窗簸錢，紅闌剪旛。臨風遥門嬋娟，各春心一般。裙拖帶寬，綃凝泪乾。閑愁守定眉山，過西樓夜寒。

篝鐙穗寒，休書帙殘。打窗一葉琤然，逗閑愁萬千。谿山責言，蘅蘭厚顔。夢中羞渡桑乾，有秋前泪酸。

忍盦

風疏夜寒，香消漏殘。夢回無恨關山，數征人未還。墨和泪研，書將恨傳。不辭言語千般，怕新來倦看。

芳草渡

鷺翁

醒殘酒，試啼妝。量錦瑟，抵愁長。羅襟自涴別時香。巫山斷，夢未改，楚雲狂。歸未得，怨春鶯。簾影畔幾斜陽，朝朝羞澀理銀簧。還知否，尋舊曲，不成商。

漚尹

秦雲渺，楚魂傷。中夜起，獨思量。紅牋小字漫書將。雙心叩，叩肘後，有香囊。抛玉尺，炙銀簧。誰與坐合歡牀，舊花新葉定相當。陽臺路，新並得，兩鴛鴦。

忍盦

滄桑恨，幾斜陽。拚一醉，百憂忘。湖山何處不凄凉。青衫淚，盡贏得，是疏狂。秋盡也，漏聲長。雲雁影半微茫，小紅亭外月如霜。城南路，渾不是，是他鄉。

十二時

鶩翁

百年闌檻，百年孤抱，百年喬木。神州乍回首，渺孤雲天北。莽莽烽煙驚遠目，倚長風、幾番歌哭。狂來向燕市，覓荆高殘筑。

漚尹

煙塵長望，無情清渭，東流不復。凄凉杜陵叟，自悲歌同谷。月苦霜繁車觳觫，忍流連、柳新蒲緑。呼風鳥何處，望一堆金粟。

忍盦

凄涼情緒，一番暗憶，一番悵觸。妝臺怕重到，賸殘膏猶馥。空說三生緣再續，佩環歸、更憐幽獨。分明夢中見，怨寒更凄促。

怨春風

鷺翁

大堤官柳依依，愁接天涯，清渭秋殘夢不知。斷雲遠，誰訊前期。臨風咽偏參差。濺枕雨、驚魂强支。對寂寂羅幃，凄然獨憶，那是相思。

漚尹

玉京煙柳絲絲，難綰相思，夢裏啼痕只袖知。恨情薄，不抵羅衣。空堂殘酒醒遲。問何苦、將春判伊。早萬點花飛，東風休再，摇蕩空枝。

忍盦

探春偏趁春歸，一掠斜暉，行過西廊步步遲。忍重撿，斷粉零絲。流鶯幾處争飛。望點點、殘紅路迷。怕卷地風吹，金衣零落，却付伊誰。

西江月

鶩翁

夢逐歌雲暗繞，心隨眉黛深攢。隔簾新燕似長歎，春在落花風畔。袖底餘香偷買，墻陰悄影憐潘。千金笑靨買誰拚，明月三分占斷。

酒醒渾忘春在，夢輕欲共雲閑。多時琴上不安絃，不爲知音人遠。落落尊前風月，悠悠笛裏關山。流光已是等閑拚，底用楊絲深綰。

漚尹

待闕鴛鴦社散，移家燕子巢寒。傷春人在醉醒間，酒冷花飛人遠。山枕一春無夢，水堂兩處憑闌。軸簾來與上琴絃，心剪東風俱亂。

尋劫朝翻玉局，偷聲夜譜銀牋。些兒閑事送華年，信道風情真懶。衫袖麝薰微歇，簾櫳鸚語相關。自家冷落翠雙鈿，翻惱隔墻釵釧。

忍盦

春餅龍團試罷，夜香鵲尾燒殘。南園芳事懶重看，風冷梨花秋苑。夢裏沈沈歌舞，客中草草杯盤。月明休怨北庭寒，海燕雙凄正暖。

日暮誰憐袖薄，情多不怨春寒。花前泪語尚含酸，嬰武隔簾偷見。巧樣新翻蜀錦，薄妝乍卸吴棉。鸕鶿夜擁漏聲殘，比似君心長暖。

憶王孫

鶩翁

巫山夢雨幾時晴，調笑聲中雜醉醒。欲解羅襦不自勝。意惺惺，翠帶雙搓遠恨生。

雲山重疊短長亭，灞上衰楊是别聲。尊酒何須怨渭城。帶愁聽，鈴語郎當夢裏程。

漚尹

畫橈占岸酒初醒，獨倚闌干雨又成。愁共春潮日夜生。幾時平，不信鴛鴦不泪零。

煙中玉笛暗飛聲，艇子撑開一道萍。屬玉鵁鶄相向明。倦逢迎，惟有沙鷗不世情。

忍盦

纖腰舞罷尚娉婷，拚向花前醉一生。鶯語催人弟幾聲。醉還醒，笑倩旁人掃落英。

墜歡如夢夢難成，愁裏笙歌醉裏聽。獨卷紅簾月半横。夜悵悵，滴盡寒更不肯明。

雨中花

鷟翁

鰕菜歸心秋夢裏，正望遠、愁生一葦。檣燕窺人，籠鶯待客，别有相憐意。問費盡、羅襟多少泪，甚依舊、香留酒滯。桃葉誰縈，楊絲暗綰，恨逐東流水。

側耳鵑聲愁似水，那更識、晴檐鵲喜。碧沼蓮清，玉闌秋近，幾許憑高意。底不向、黄紬消午睡，夢雲重、屏山慣倚。萬里歸艎，十千沽酒，辦取花前醉。

漚尹

歸夢十洲雲水裏，做弄出、春寒特地。横路菱絲，吹波桃葉，打槳成何計。道薄倖、旗亭連夕醉，有誰會、千金密意。一寸横波，何曾花底，錯管春殘事。

錦瑟旁邊新醉起，又詔許、金錢曲會。入幕圍花，監州得蟹，銷盡熏天事。漫笑客、生平無好計，狹路在、凌波舊地。野雀飛低，官蛙聲怒，刻意相迴避。

忍盦

倦鵲南飛知我意，水天遠、危闌怕倚。醉裏傷秋，愁中忘曉，去住渾無計。望渺渺、中原何處是，但目斷、寒山晚翠。擊筑風悲，吹笳月冷，多少英雄淚。

六曲闌干和恨倚，怕簾外、新寒驟起。漏點頻催，琴心暗譜，別有銷愁計。憶往事、淒涼如夢裏，悔未識、釵鈿密意。鸞鏡花枝，依然長好，獨下西風淚。

漁歌子

鷟翁

禁花摧，清漏歇，愁生輦道秋明滅。冷燕支，沈碧血，春恨景陽羞説。翠桐飄，青鳳折，銀牀影斷宮羅襪。漲迴瀾，輝映月，午夜幽香爭發。

漚尹

劫灰飛，宮漏歇，銅仙清泪如鉛潑。望中原，山一髮，稍度雁行明滅。草如霜，沙似雪，棱棱石戴來時轍。隴頭吟，聲漸咽，一片中天明月。

忍盦

帶愁書，小桃枝，紅一捻，芳情已逐東風發。步閑階，鶯語滑，羞澀凌波羅襪。和泪疊，紅牋心事分明說。乍相逢，偏易别，何事恩情斷絶。

醉吟商小品

鶩翁

愁生又正是南山，獻壽彩雲西見。舊恩新怨。夢想瑶池宴。冷落宫槐疏點。帳殿。數不盡閑愁，萬點柳絲遮斷。晚花撲面。池上輕萍滿。訴與東風不管。依依夢遠。

漚尹

芙蓉尚記否鈞天，夢裏曼桃催獻。隔年歡怨。鳳筑西風宴。换入邊愁千點。舊苑。鈿塵是舊日低飛，燕子繞花千轉。謝堂春暖。便門新妝面。寄語東風不管。恨滿。

忍盦

望十二瓊樓，路迴碧桃開遍。羽衣鸞換。沈醉瑤池宴。回首梨雲吹散。宮鴉數點。盼不到江天，一字雁飛人遠。翠翹金扇。不分今生斷。睡起一聲長歎。斜陽又晚。暗屈指春光，近也嶺梅開遍。甚時重見。鏡裏朱顏換。寄語天孫休怨。銀河水淺。

醉花間

鶩翁

風急雁繩天外直。夢回霜月白。舊約岸綀巾，新恨分瑤席。含情難默默。詎語憐頭責。短簫新譜得。自家情緒自家知，怕知音，無處覓。

漚尹

闌角春陰天似墨。東風無氣力。雙燕掠明漪，偷放閑愁入。泪添金盞窄。醉眼花狼藉。繡簾容易隔。謝娘心事最分明，錦牋書，誰辨得。

斜日屏山愁暗隔。滄波殘畫色。筝雁不飛迴，絃上西風泣。　郎居金雁驛。一紙經年得。相從無兩翼。夢中新識路依稀，又移軍，關塞黑。

忍盦

一霎西風催夢急。斷蛩秋暗泣。睡起不知寒，嬌語渾無力。　背花人獨立。花霧當窗密。天涯愁咫尺。錦牋空自寄相思，箇中情，渾未識。

一抹涼雲隨雁急。月沈鐘又寂。庭院峭寒多，人影亭亭立。　欲行行不得。夢裏關山黑。酒醒仍作客。愁來莫更怨秋聲，未經秋，頭已白。

慶春時 用小山韻

鶩翁

東風有約，年年步障，長共花移。春人泪盡，春花自好，啼鴂漫催歸。　玉龍吹處，心事依舊深期。靈旗畫下，鸞書遠寄，香影異當時。

安排簫局，評量酒價，著意消寒。楊絲萬縷，婆娑善舞，不負倚闌干。　回文織就，眉黛應展宮彎。青娥二八，香盟宛在，羞與薄情看。

晚春門掩，衣香結習，步屧羞移。調雛燕子，銜泥甚處，長是日斜歸。

漚尹

東風狼藉，端的不是歡期。香添翠被，名藏鳳紙，消遣落花時。

黄昏過後，心頭眼底，一味清寒。前歡記否，衣香絮點，春影小長干。吴歈聽斷，催拍誰點弓彎。雕櫳近底，娟娟凍月，還當翠眉看。

一天風露，危闌獨倚，珠斗頻移。年年望遠，輸他雁字，秋到便成歸。

忍盦

音塵如夢，回首空負歡期。相思訴盡，殷勤寄與，還約踏青時。

晚來風急，飄零翠袖，不慣禁寒。銀牋乍寫，瓊簫暗譜，和恨倚闌干。凄凉情緒，愁黛還鬥雙彎。尊前笑靨，花間泪雨，休被阮郎看。

胡搗練

鶩翁

夕簾風外颭春星，隔斷花南塵榻。誰辨春郊壺榼，便詡游情洽。平生醒醉總隨緣，一笑長携伶鍤。心事冷雲殘衲，寄語能言鴨。

年年芳事厭唐花，夢想江梅煙菂。誰信銅瓶冰合，愁對寒雲壓。老夫無味已多時，成句。凍酒和愁頻呷。寄語寒香休怯，好趁元綏臘。

漚尹

雙雙鳳子慣輕盈，知得瑤京春雜。風裏狂香一霎，占斷花南榻。玉臺塵黦半規寒，斜日金鋪深闔。漂蕩薄情書札，還寫紅箋答。

珠娘生不識春愁，狼藉鈿花銀衱。打槳桄榔風合，亂笛參差壓。白漚天付與蕭閑，夢裏煙波長狎。冷暖心情知怯，愧爾春江鴨。

故山千畝在胸中，夢繞淙淙清霅。蔬笋年來盟狎，老圃愁羊踏。微聞公膳隻雞無，把酒花前慵呷。乞我盧家蒸鴨，成就無無法。戲答於安甫。坿安甫原詩：自失翰音後，家厨突已寒。舊盟徵息壤，遠夢逐長安。誤體誠逾分，烹鮮或佐餐。索逋君勿哂，我自累豬肝。

忍盦

秋來閑却繡工夫，料理彩箋吟篋。花外流鶯恰恰，款語如相答。東風棖觸舊心情，狼藉殘紅休踏。那是翠衾寒壓，生小腰支怯。

落花時節燕爭泥，雨外呢喃聲雜。飛盡東風榆莢，自揀花枝踏。南園春色報三分，開户餘寒猶怯。孤負蕭娘書札，那有心情答。

鳳孤飛 用小山韻

鷺翁

直北暮雲無際，别酒醒來緩。悵望天涯泪滿，只憑得、闌干暖。月蕩漪瀾雙槳短，愁難遣、柳塘花館。聽到啼鵑歸未晚，甚留人絃管。

記得洗花深酌，繞座歌塵緩。玉笛聲中月滿，酒氣漾、輕雲暖。破曉嬌鶯花夢短，愁依舊、謝娘池館。芳事飄零春易晚，付遺鈿誰管。

漚尹

眉意眼情誰會，玉指移絃緩。笑暈鸞臺鏡滿，只撩亂、鈿塵暖。自怯香桃花命短，安排遍翠樓紅館。占得朱顔春又晚，被流鶯偷管。

忍盦

惜别謝娘情緒，夢裏歸輪緩。料峭羅襟淚滿，賸寶鴨、香心暖。説甚尾長還翼短，銷凝慣、雨窗月館。多事嬌鶯啼早晚，費傷春牋管。

樓上望春人老，底事春歸緩。一夜鴛鴦水滿，做弄得、春波暖。簌簌花飛鶯夢短，飄零盡、舞臺歌館。燕子不來簾押晚，問東風不管。

學得淺顰輕笑，蓮步隨風緩。量薄不辭酒滿，看隔座、偎人暖。好夢方長春事短，銷愁處、幾家亭館。一綫斜陽紅到晚，勸啼鶯休管。

甘草子 用楊无咎韻

鷺翁

愁暮，折竹聲中，雪色明窗户。冷落歲寒心，悵望城南路。回望五雲寒多處，問法曲、玉龍誰數。銀海沈沈浪淘去。賸泪零如雨。

年暮，永夕相思，夢冷寒蟲户。料得五噫吟，恨滿吴臯路。風雪夜堂聯吟處，認泪墨、襟情如數。昨夜尋君過江去。有接天寒雨。寄懷夔笙。

漚尹

秋暮，夢醒殘蛩，絮語沈香户。黯墨不成書，天遠吹笙路。今夜漏迴鐙昏處，問倦客、歸程誰數。無限秋心雁將去，付楚天涼雨。

天暮，過盡殘鴉，暝色團窗户。漲起一城塵，月黑呼鷹路。燕趙舊家相逢處，甚眼底、梟盧堪數。孤劍牀頭化龍去，響半天風雨。

忍盦

雲暮，卷地風寒，陣陣侵窗户。獨倚玉闌干，凍合關山路。孤枕夢回無尋處，有幾點、寒鴉堪數。莫更尋詩灞橋去，怕落梅如雨。

春暮，燕子多情，來往低窺户。十里緑楊灣，那是愁來路。長記畫闌分携處，賸點點、紅香休數。不把芳尊送春去，奈杏花微雨。

薄暮，一角蒼山，睡起還當户。指點白雲深，此是終南路。敧杖自尋磨崖處，有幾輩、游蹤堪數。猿鶴含凄送君去，聽夜來風雨。

臨江仙

鷺翁

酒聖詩豪今已矣，晚風吹髩儆儆。此情惟有野梅知。收香滋艾蒳，待臘茁横枝。

誰道情天長不老，曉來白徧山眉。釃寒城闕瘦笻支。天低雲意凍，風勁雁聲遲。

卅載夢雲吹不轉，今朝欲醒猶疑。西風贏得髩成絲。身如春繭縛，心似凍蠅癡。

城郭人民嗟滿眼，何須丁令來歸。河山邈若酒人非。黄壚多少事，欲説不勝悲。

漚尹

秋去一身無著處，淺吟閑醉禁持。溪山誰道舊遊非。攔街春筍賤，出網鱟魚肥。
自斷此生天不問，春帆治任將歸。祇應羊侃是吾師。避人盤馬稍，隨分置蛾眉。

花底相思無處說，香殘燭燼依依。春寒分付與單凄。比愁量錦瑟，拚恨理羅衣。
誰信謝娘香閣畔，天涯錦字凄迷。柳花風起亂鶯啼。莫將孤枕泪，尋夢月西時。

忍盦

幻出玉樓瑶殿影，軟紅回首依依。冷吟忘却在天涯。客愁隨雁盡，鄉夢逐雲飛。
呼酒玉梅同一醉，冰霜那是寒時。夜深人在碧琉璃。畫簾秋去早，高樹月來遲。

莫向邯鄲尋舊夢，到來事事都非。五陵豪俊記當時。鶯花春試馬，風雨夜聞雞。
俠骨柔腸銷已盡，促成愁鬢絲絲。閑漚過處漸忘機。酒懷明月共，詩意白雲知。

凍酒不澆愁意思，醒來依舊天涯。蕭疏短髮任風欺。文章英氣減，蹤跡故人稀。
最感西山顏色好，晚雲殘照依依。梅花還似去年時。風懷同月冷，消息怪春遲。

思遠人

鷟翁

潦倒蓬蒿三徑晚，身世共蟲蟄。撐腸廣厦，低頭江岸，吟嘯意誰識。茂陵老盡秋風客，那更一錢值。笑大户今朝，醉鄉深處，紅牋爲生色。

漚尹

殘壁滄波生色畫，塵滿舊簾額。天長夢短，離巢孤燕，猶是謝堂客。倚醺還弄閑箏笛，宛轉趁殘拍。怕花外玉簫，好春吹斷，依前袖羅濕。

忍盦

花底私傳靈鵲語，心事暗相憶。仙槎遠泛，支機誰贈，銀漢望中隔。酒酣袖裏星辰摘，那向素娥覓。怕倚遍碧桃，珮環吹冷，風高雁聲逼。

虞美人 題《校夢龕圖》

鷟翁

明王綦畫軸，紙本，淺設色。秋林茆屋，二人清坐，若有所思。半僧笑曰：「是吾校夢龕圖也。」因拈此調，約漚尹同作，并索忍盦和之。圖作於萬曆二十五年丁酉，乃能爲三百年後人傳神寫意，筆墨通靈，誠未易常情測哉。光緒二十六年十月十八日記。

檀欒金碧樓臺好，誰打霜花稿。半生心賞不相違，難得劫灰紅處畫圖開。清愁閑對闌干起，自惜丹鉛意。疏林老屋短檠邊，便是等閑秋色儘堪憐。

漚尹

江蘺搖落知多少，留得傷心稿。霜紅掃盡見樓臺，贏得百年縑素爲君開。賺人詞賦哀時淚，迸入迴腸碎。墨塵已共劫灰寒，小几秋鐙依舊對長安。

忍盦

樓臺七寶窮天巧，絕境誰能到。廬山真面待君開，難得小窗風雨故人來。披圖莫問滄桑事，也自傷憔悴。夜鐙風味尚依然，不道有人先向畫中傳。

酒泉子

鶩翁

水帶山簪，好是驂鸞歸路。嶺雲深，蕉雨暮，語湘南。昨宵幽夢逐春帆，徑轉桄榔猶熟。鷓鴣啼，芳草緑，客情忺。

一笑掀髯，休問雲歸何處。塞鴻迷，檐鵲語，暗愁添。鶩塵如墨點征衫，寒咽晚風哀筑。隴頭吟，曲江哭，我何堪。
珍重雲藍，寫遍相思新句。綠塵飛，金縷譜，紫泥函。
等閒笙局。甚而今，還硯北，憶花南。
紘語夜酣，箇人眉約如訴。畫春愁，飄篆縷，彈瑶簪。
粉奩脂篋。最宜人，屏曲六，月分三。夢中作。

歸燕蹋簾，花暗卓香車路。斷腸時，攜手處，又窺奩。
謝娘心曲。玉璫回，銀沫甕，是空函。
蟲網吹簾，隔斷閒愁來路。柳花飛，無定處，滿江潭。
游絲誰撲。雁書新，漚夢熟，理春帆。

細馬輕衫，秋色送人歸去。水禽啼，斜日暮，望湘南。
幾番蕉鹿。草堂深，春酒熟，睡情酣。
巧畫雙纖，花底自翻新譜。曼聲歌，長袖舞，隔重簾。

當時春恨上眉尖，那問
窺妝瞋燕自開簾，嬌倚

漚尹

一春緘泪與江南，撩亂
采香約在斷橋南，横岸

忍盦

可憐辛苦似春蠶，塵夢
喚回春夢尚沈酣，誰識

謝娘心曲。倚銀屏，嬌未足，暗香添。

金鳳鈎

鶩翁

孤山昨夢游眺，憶招鶴、倦歌淒調。斷雲殘照，幾聲清嘯，惆悵畫籠鶯老。好風吹遍青門道，記望遠、贈君芳草。玉娥名噪，錦牋書報，空惹醉腸愁繞。

漚尹

高鴻又喚秋老，有宮柳、犯霜黃早。弄波輕棹，采菱新調，一夜亂愁多少。碧籠金鎖花房小，甚火急、鬧蛾妝埽。錦機書到，怨絲紅繞，孤負繡屏開了。

橫波舊日風調，定情句、酒邊偷告。鳳絃重抱，翠牋重草，祇待玉璫書到。瑣窗重象沈香小，弟一要、薄情知道。靨花紅笑，淚蛾碧埽，沈恨報他青鳥。

忍盦

萋萋陌上芳草，碧痕化、杜鵑啼早。落花風埽，墜樓人渺，贏得泪珠多少。盈盈簾外歌雲裊，早忘却、斷腸淒調。綵鸞書報，乳鶯聲小，只有滿園春好。

思越人 用陽春韻

鶩翁

夢冷游情惡，尋舊跡、繡鴛疑削。屏山掩却，斷霞愁落。乍鳳尾傳牋題恨薄，翠管親呵和泪閣。無處著，甚靈玟、花前還約。

聽慣鵑聲惡，雲意冷、四山青削。芳時負却，舊游零落。正倚竹寒生憐袖薄，甚處濃春藏綺閣。誰念著，怕歡事、和愁成約。

老去風懷惡，吟袖倚、瘦肩山削。前游誤却，故園荒落。看對檻閑雲如水薄，倦憶憑春花外閣。愁問著，弟一是、盟漚新約。

懶賦秋聲惡，芳事換、舊歡都削。何時罷却，莫笳聲落。歎紙帳鐙昏披絮薄，夢裏潛痕醒尚閣。愁更著，減衣帶、腰圍憐約。

漚尹

剗地東風惡，塵影涴、襪羅痕削。油壁送却，大堤花落。怕酒重香寒雙袖薄，斷續春愁和夢閣。無地著，隔簾怯、橫波來約。

傍夜離心惡，簾影漾、玉鈎雙削。春色瘦却，絮花還落。早拚斷閑愁如酒薄，細雨鐙花飄小閣。偏夢著，玉闌北、年時歡約。

漫道橫江惡，分付與、素書親削。春愁寄却，晚潮纔落。儘舊日風情雲絮薄，不到紅泥天半閣。還記著，覓桃葉、桃根前約。

畫裏霜風惡，看幾點、晚峰煙削。濃青換却，一林黃落。懶更呷冬醪如水薄，坐倚油窗新暖閣。梅蕊著，爲花課、添修僮約。

布被心情惡，寒夜聳、作詩肩削。青琴碎却，大招零落。笑抗疏功名輸紙薄，萬感幽單長泪閣。微睡著，有莊舄、吟聲依約。

忍盦

夢醒西風惡，愁瘦損、黛眉纖削。殘妝卸却，玉釵聲落。又盼斷花梢紅日薄，點點香塵凝暗閣。長記著，背花處、琴心偷約。

病起心情惡，凉雨過、晚風如削。羅衣換却，杏花紅落。悔向日恩情秋絮薄，欲寫相思斑管閣。休憶著，枕函畔、鈿釵深約。

苦厭催租惡，吟興冷、小詩芟削。黃菊瘦却，晚風籬落。且痛飲不須嫌酒薄，料理琴尊來小閣。還盼著，歲寒共、梅花修約。

不慣風波惡，望雲外、數峰巉削。塵緣謝却，碧桃開落。恨天與名山偏福薄，畫意詩情愁裏閣。吟屐著，莫忘了、凄霞盟約。

遐方怨

鶱翁

黄葉雨，白蘋風。夢落江湖，舊家煙蘿秋帳空。十年衫袖涴塵紅。故人吟嘯處，與誰同。

瓜步月，竹樓風。舊日歡期，感君靈犀心暗通。却愁花影下簾櫳。翠尊新約在，莫匆匆。

新月白，雜花紅。彩索秋千，隔墻偷覘無路通。不教嬰武傍房櫳。鏡奩脂粉滿，爲誰容。

霜沁柝，月窺櫳。巷陌人家，夜深鐙花相映紅。白題歌舞眼朦朧。醉來朱户底，嘯呼風。

槐葉落，露盤空。夢怯催妝，夜闌不聞長樂鐘。玉蟾香齧冷西風。恨隨嗚咽水，御溝東。

調石黛，理絲桐。難得蕭郎，近來花前眉語通。玉鈎簾卷錦堂東。眼迷丹頂隺，舞隨風。

漚尹

銷粉盝，減香筒。屈膝銅鋪，爲君提携團扇風。泣香殘露井邊桐。一秋辭輦意，袖羅紅。

宮柳緑，水蘗紅。泪睫聽鶯，謝娘春來歸思慵。不如梔子兩心同。夜凉雙鳳語，蜀絃中。

秋水落，石蓮空。步入凌波，舊羅籠花裙襉紅。隔江臨晚起東風。爲誰開艇子，采夫容。

歡事冷，玉臺空。怨入湘天，夢回撇波魚尾紅。麴瀾吹卷藕絲風。彩雲無數起，錦塘東。

忍盦

新恨惹，舊歡濃。夢斷三秋，路迷蓬山千萬重。隔簾風起掃殘紅。夜深憐女伴，繡夫容。

芳信晚，畫樓空。半晌春陰，夢回依依殘照中。落花新減幾分紅。不隨流水去，戀東風。

吟賞處，與誰同。燕子來時，去年桃花人面紅。一簾微雨夢惺忪。探春人意懶，負東風。

梁州令

鷺翁

夜久忘寒沁，隔座沈煙同品。狂來莫笑柘枝顛，情多更覓瓊漿飲。橋西月色清流衽，執手殷勤甚。歸來獨倚山枕，夢塵暗逐歌圍錦。

夜雨淒涼甚，點滴空階寒浸。清歌掩扇自思量，何人解擲纏頭錦。篝鐙珠泪空交衽，惆悵年華荏。金蕉誰伴孤飲，腰圍瘦過東陽沈。

兀兀長如飲，坐久寒欺重衽。姮娥畢竟世情稀，清光夜夜疏窗浸。休將篆刻誇曹沈，文字誰題品。參軍蠻語方稔，誤人應識儒冠甚。

漚尹

月地金波浸，座隔團窠宮錦。分明溝水各西東，花前携手亡何飲。白題狂舞郎當甚，燭蕊交羅衽。同心結就誰禁，紅箋泪墨翻成讖。

莫怨藍橋飲，醉澀珊瑚難枕。鵑屏夢隔蜀山青，誰家啼濕江頭錦。　金蟾齧鎖知誰禁，溝葉殘紅浸。青娥揮泪因甚，西風瘦却東陽沈。

忍盦

老屋疏槐蔭，倦對西風寒沁。秋光還似去年時，傷秋更比年時甚。　山中猿寉窺人稔，伴我花前飲。人間萬事一枕，醉看霜葉紅於錦。

風起干卿甚，一夜微凉先浸。休嫌夢斷玉關書，新來語燕雕梁稔。　東風不把閑愁禁，自索銀瓶飲。鴛鴦繡出雙枕，何人爲織天孫錦。

玉團兒

鷙翁

西風掠鬢鉛華薄，夜烏斷、延秋夢覺。錦帳珠簾，牙香誰炷，沈恨依約。　玉璫簡札匆匆索，寶篆澀、葳蕤乍鑰。露掌移莖，宮眉蹙黛，愁黯簾閣。

朔風吹雪茸裘薄，暮笳咽、啼烏正惡。北斗秦城，西山燕月，一例無著。　聱牙身世春蠶縛，賸醉眼、憑高錯愕。子夜清歌，新亭殘泪，來伴深酌。

漚尹

鴻邊錦字年時約，甚不應、紅鐙夜蔫。兩點春山，相思都被，明鏡窺著。行雲可是相逢錯，斷夢冷、哀絃又托。未到君前，一聲河滿，雙泪先落。

忍盦

嫣紅姹紫都拋却，幾望斷、凌波路鑰。分付蕭郎，尋春何處，佳會還約。看花不道風情薄，怕含笑、花前一握。半晌嬌羞，開簾偏被，驚燕偷覺。

東風不管心情惡，踏青去、餘酲未覺。燕舞鶯歌，春人休道，花事零落。夜深共把金尊酌，怕一晌、春情負却。醉拍闌干，鐙花紅處，愁聽宵柝。

蕭娘心緒誰先覺，悵倚遍、紅闌一角。宿酒慵醒，沈香濃爇，春夢無著。桃花幾陣隨風落，那便是、春光負却。妒煞蛾眉，臨風微笑，翻道情薄。

三字令

鷟翁

春去遠，雁來遲。恨參差。金屋冷，緑塵飛。玉關遥，羌笛怨，盡情吹。從別後，數歸期。幾然疑。紅燼暗，玉繩低。枕邊書，襟上泪，斷腸時。

風南北，水東西。路多歧。人共物，是耶非。試憑高，日遠近，問誰知。燕市上，酒人稀。舞傚傚。天已醉，客何爲。弔田横，招正則，是吾師。

漚尹

鶯語早，酒醒遲。百花時。星靨小，鬢雲垂。背犀梳，移鳳枕，耦新知。江草綠，送人歸。見無期。紅燭背，翠屏欹。畫羅襦，金縷琖，苦尋思。用歐陽舍人韻。

鸞對影，燕雙飛。早妝時。山兩點，畫愁眉。咽湘絃，投漢珮，路東西。千萬恨，繞天涯。雁書遲。憑繡檻，語花枝。爲思君，山枕濕，没人知。右二首集《花間》句。

江上約，帶書遲。雁來時。殘酒醒，小簾垂。被西風，閑素箑，又争知。吴社水，帶花歸。隔年期。紅袖暗，紺雲攲。夜闌干，春枕被，漫相思。用歐陽舍人韻。

花蝶夢，繡鴣泥。舊游嬉。人散後，那天涯。解明璫，連寶鏡，又尋思。空靨散，濯妝池。放簾垂。誰更與，妒蛾眉。正西窗，團扇月，未圓時。右二首集夢窗句。

忍盦

愁望遠，又斜暉。掩香閨。羅袖薄，黛眉低。酒邊心，絃上意，幾人知。腸欲斷，泪空垂。鎮相思。銀燭暗，錦書遲。懶添香，慵刺繡，百花時。

南歌子

鷲翁

骯髒吟情倦，微茫戰氣高。江山殘霸酒愁澆，贏得學書學劍總無聊。林壑應騰笑，文章漫解嘲。斷魂無著不須招，老向空山和泪讀離騷。

夜氣沈殘月，秋聲激怒濤。短歌寒噤不堪豪，坐看旄頭餘焰拂雲高。怒馬誰施勒，飢鷹已下條。堊書斜上語偏驕，數到義熙年月恨迢迢。

翠袖香羅窄，鈿車繡帶飄。初三夜月弟三橋，記得千金難買可憐宵。舊恨瓶沈水，新愁燕換巢。西風消減沈郎腰，僥倖徽容扇影別時描。

漚尹

舊恨金訶斷，新歡寶瑟調。朦朧心事可憐宵，難得春羅書字又相邀。碧玉知名久，紅牋帶泪描。縱然微病損春嬌，難道當筵輸與楚宮腰。

忍盦

遠意觀秋水，愁心看斗杓。黃花笑我鬢先凋，未到傷秋時候已無聊。腰脚隨年健，詩歌任客嘲。求田問舍幾人豪，料得元龍湖海氣潛消。

寄恨雲千疊，供愁柳萬條。等閑春色也魂消，那更年年風雨送輕舠。密語緘金合，柔腸斷玉簫。向人寒月又今宵，不信青天碧海路迢迢。

秋氣森亭障，軍聲靜斗刁。邊愁都向酒中消，一夜霜花如雪撲征袍。落月朝盤馬，平沙暮射雕。幕南何日走天驕，回首祁連山色陣雲高。

應天長

鷙翁

緑螺臨鏡憐妝褪，鬥草輸多添酒暈。月一鈎，香半寸。今夜花前消息準。倚紋枰，欹紺鬢。心怯小蘭釭燼。省釋沈香殘恨，謝娘羞借問。

鵾絃移柱愁難準，別鳳離鸞歌未忍。粉痕消，香篆印，睡起無聊推酒困。月窺簾，花撩鬢。屏上關山難認。雁足不傳幽恨，蕊紅和泪盡。

漚尹

曲屏遮夜蘭更盡，一半啼妝消墜粉。夢難成，鐙又燼，簾外落梅風陣陣。檢紅牋，輪玉筍。心識春潮期近。數過千帆無分，不如潮有信。

忍盦

綠窗寒沁羅衣裀，嬌臉睡霞殘酒印。夢初回，香半燼，雙淚盡時愁不盡。　說歡期，無定準。蹤跡近來羞問。還似去年秋恨，怕聞征雁近。

倩誰別時言語渾難信，燕又不來春又盡。睡鬟欹，殘粉印，不惜爲君憔悴損。　倩誰傳千萬恨，背鏡啼痕偷揾。夜夜枕邊尋問，夢魂無遠近。

鋸解令

鶩翁

記歌桃葉渡江初，費幾許、團團彩扇。凌波雙楫漫無情，慰紫燕、隔花望眼。畫闌汨濺，凄絶風聲颸晚。年年裁得嫁衣裳，却不解、替誰壓綫。　駐雲誰按酒邊詞，翠袖冷、殘醺未喚。新鶯舊燕自家春，底與較、夢長夢短。隔花汨眼，爛錦年芳盼斷。東皇未必負春人，祗蕩得、暗愁一點。

漚尹

醉和雙燕別西樓，醒不記、當杯汨滿。花前空解唱迴波，蕩一片、舊愁不轉。亂紘輥遍，那是歌頭懶換。離筵索性送殘春，拚得是、墜紅見慣。

翠樓簾卷不留香，惹畱鎖、金蟾恨淺。蜀絃秦柱費安排，總負却、聽歌泪眼。絮花蕩晚，依約東風夢短。迴腸翻怕好春回，爲輸與、謝堂舊燕。

忍盦

謝娘風韻記當初，暗鎖住、春愁一院。夜凉消受落花風，問幾許、别腸寸斷。似曾識面，分付窺簾語燕。相逢莫道是無情，更料理、綵牋畫扇。

隔花無處説相思，倩綵縷、回環繫遍。幾曾憔悴到花枝，枉費却、一春泪眼。杜鵑聽慣，密護簾寒不管。無情爭忍送斜暉，便錦帳、也愁夢短。

琴調相思引

鶩翁

夢裏留春不是春，殘花中酒病餘身。亂紅飛處，輕作出山雲。休道醉鄉歸路近，酒腸拚醉不辭頻。任教風雨，愁損坐花人。

漚尹

吹夢東風懶似雲，占人懷抱是歌顰。雁聲飛去，零亂一筝塵。獨自意行僵寶瑟，兩邊閑泪閣羅巾。小簾朱户，依舊去年人。

老屋疏檠一欠伸，亂愁多似夢中雲。鎮無聊處，寒月一痕新。　垂老儒冠能傲客，久居山鬼喜窺人。世情銷盡，翻讀送窮文。　忍盦

傾杯令

入户鴻驚，窺檐鵲喜，乍展舊愁眉印。風裏飄花成陣，雜佩凌波誰問。　淒涼泪粉殘紅揾，甚愁人、年光偏閏。屏山幾許心事，玉篆摩挲暗忖。　鷟翁

雀警霜嚴，城空月黑，節物不知春近。棖觸靈均幽憤，呵壁蒼茫難問。　闌干星斗寒光印，望瑶京、驚呿驕蜃。司香夜降黄帕，夢裏鐘聲隱隱。　漚尹

劫避圍棋，歡生鬥草，消遣楚雲沈。恨行坐眠疑無準，盤馬樓前風緊。　重簾密護茸衣穩，玉纖長、春寒微損。無人料理眉樣，背燭還調臙粉。　忍盦

泪眼傷高，愁腸殢酒，惆悵夜寒秋盡。一片銀河光隱，不洗年年沈恨。　青鸞似

說蓬萊近，望神山、船回風引。驚塵一夜吹起，月黑城烏睡穩。芻狗文章，鷦鷯身世，蕉鹿夢中誰認。儒墨是非休問，材不材閒充隱。彭殤一例何須恨，泛虛舟、機心消盡。雞蟲得失俄頃，不值蒙莊一哂。

望江南

鶩翁

朝睡起，佳節不勝悲。愁裏光陰便晷短，劫餘身世怯灰飛，生意幾時回。吟望處，頭白苦低垂。應有卿雲輝紫閣，似聞芳訊報南枝，歌罷意凄迷。

漚尹

鐙下坐，鐙外月平西。陪伴閑愁巢幕燕，護持薄睡鎮帷犀，纔得夢來時。鶯喚起，花絮晚春迷。枕雨有痕潮半袖，鏡瀾無力熨雙眉，不是爲單凄。

忍盦

春欲盡，記得别君時。强理心情愁對鏡，無多言語暗牽衣，含泪問歸期。關塞遠，消息近來稀。團扇不應嗟薄倖，迴文難得寄相思，惟有夢魂知。

玉樓春

鷟翁

南樓莫怨吹羌管，便不催春春也晚。釀成梅子帶酸心，付與花奴含泪眼。啼鵑那識人腸斷，新緑漸濃腰帶緩。當時流水送飛花，流水依然花去遠。

春風簾底窺人慣，和月入懷人不見。驚飛金雁一箏塵，惹起紅蕤雙枕怨。照花前後憐嬌眄，酒冷香殘襟泪滿。離歌那是斷腸聲，猶有斷腸人對面。

好山不入時人眼，每向人家稀處見。濃青一桁撥雲來，沈恨萬端如霧散。山靈休笑緣終淺，作計避人今未晚。十年緇盡素衣塵，雪鬢霜髯塵不染。

漚尹

銀屏夢比游絲短，蟬黛拂梳鸞鏡暖。兩蛾貪學遠山長，多少春愁盛得滿。書來不是歡期晚，縈繫愁腸千萬遍。相思字字盡無憑，此後南樓休過雁。

分明錦瑟妝臺畔，夢醒江南天樣遠。換成潘鬢鏡能知，瘦盡楚腰裙不管。情多莫恨相逢晚，手撚紅香珍重看。明朝剗地有東風，百盞千觴無處勸。

金翹峨髻侵晨綰，沈水玉罌嫌綆短。染絲火急上春機，不待洗多紅色淺。擲梭光景催春晚，北斗挂城聞漏板。桃鸞作綬寄桃根，好與君心同冷暖。

尋春舊約朝朝懶，鬥草心情輸女伴。柳綿飛盡尚寒多，鶯語驚回渾聽慣。　忍盦
東風何苦催春晚，萬恨千愁吹不轉。花前莫怪泪痕酸，不是多情誰解怨。

豐肌秀靨嬌無恨，記得珍珠簾下見。緑窗睡醒懶梳頭，紅燭光迴羞掩面。濕雲如夢輕塵散，金縷歌殘腸欲斷。舊時明月舊妝樓，煙水茫茫愁一片。

新妝依約眉痕淺，記得桂堂東畔見。不辭美酒醉千鍾，來聽嬌鶯歌百囀。楊絲無力東風軟，愁向天涯尋夢遍。青衫空有泪痕多，難寫琵琶江上怨。

前調 分和小山韻二十一首

平疇雨洗春光暮，兩點遥山青入户。忘機閑狎水中漚，倚醉笑看風裏絮。　忍盦
津亭送別人何處，苦向邯鄲尋夢去。征車來往幾時停，指點夕陽山下路。　漚尹

目成已是斜陽暮，誰分合歡花下住。心知明月有圓時，身似斷雲無去路。當

時不合多情遇，風卷紅英隨水去。莫攲單枕故相尋，夢裏已無攜手處。

妾心宛轉機中素，郎意參差箏上柱。機花無蒂斷能連，箏雁有情飛不去。春風不許花間住，小語牽衣還絮絮。歸期早晚問君心，羞揀髩邊雙朵覷。

鷺翁

落花風緊紅成陣，睡重不知春遠近。箏絃聲澀鎮慵調，燕語情多羞借問。屏山苦隔天涯信，咫尺關河千萬恨。樓前芳草遠連天，望眼不隨芳草盡。

忍盦

去年花底開春宴，花好不知春有怨。今年春在病中過，夢裏繞花千萬遍。酒懷還似年時健，争奈酒闌人易散。消愁直到醉鄉深，莫待聲聲啼鳥勸。

漚尹

雲屏咫尺笙歌靜，不許愁人愁裏聽。燕歸花底語言工，酒到月圓時候醒。盈盈恨靨還窺鏡，未信恨多消髩影。五更簾外又東風，明日南園花落定。

忍盦

南園無限春光好，酒醒傷春人去早。重簾不放日光迴，曲檻尚愁風力小。天涯那處多芳草，聽到啼鵑花事少。拚將殘泪爲花傾，人笑儂癡花莫笑。

閑雲何止催春晚，遮斷望京樓上眼。犀簾有隙漏香多，鮫帕無情盛泪滿。

鶩翁

柔腸已逐鵾絃斷，風外闌干憑不暖。歸來十九醉如泥，禁得良宵更漏短。

啼鵑那解留春住，煙草凄凄春去路。莫將殘酒酹飛花，愁見細風吹弱絮。

忍盦

人生盡説多情誤，情到深時天忍負。君看花月滿春江，都是淚痕無盡處。

不辭沈醉東風裏，笑解金魚能値幾。四條絃語軟於煙，一桁簾痕清似水。

鶩翁

醉調銀甲寒侵指，只有翠尊知客意。酒雲紅暈襯微渦，解向歌塵凝處起。

厭厭別酒黃昏醒，步繞西池波似鏡。弄青梅子雨添酸，辭蒂櫻桃風剗净。

漚尹

月華還照深深徑，惱亂歸期歸未定。夢深雙笑蠟鐙紅，寒重半牀羅被賸。

艣聲鵶軋吴音似，不寄吴娘機上字。只憑樓下去來潮，將取尊前新舊淚。

浴

蘭攜手年年事，銷盡笙歌無限意。花時不是不傷春，說與春愁真解未。
　郎情似絮留難住，柳絮飛時愁滿路。絮飛隨水有萍留，郎去如風無覓處。

鷟翁

流鶯花底休輕妒，不爲眠香朝掩户。關山月黑夢難通，侵曉好隨郎馬去。
　春愁漠漠慵窺鏡，一朵綠雲攲壓髩。暗思楚雨夢無蹤，催放園花風有信。

蜂黃蝶粉消難盡，心事無多羞重問。向來學舞鬥腰支，那解當歌還有恨。

漚尹

　少年不作銷春計，孤負酒旗歌板地。好天良夜杜鵑啼，今日逢春須著意。

斜陽煙柳回腸事，小雨闌花千點泪。等閑尋到眼前來，欲避春愁除是醉。

鷟翁

　杖藜省識青帘近，邨路杏花前度問。客心久共斷雲閑，華髮羞從添水認。

塞鴻休送遙天信，老去難禁惟別恨。落英藉處惜餘春，莫向尊前推酒盡。

漚尹

　大堤油壁車塵軟，雙袖越羅春水染。蘭叢啼眼幾時晴，桂葉黍眉前度淺。

丁

丁夜漏侵瓊管，微醉歸來熏麝晚。小蟾如鏡莫窺眠，曲曲屏山親手展。

忍盦

好風良月應無價，金錢深深消永夜。驪歌一曲醉中聽，螺黛雙彎愁裏畫。今宵酒醒紅窗下，明日西風吹瘦馬。雁邊莫望寄書頻，除却相思無別話。

春駒作隊嬌鶯舞，錦樣年華愁裏度。一宵寒雨夢微醒，幾陣飛花春欲去。玉驄莫繫垂楊路，那見多情留客住。年年垂眼望征人，到此翻成腸斷處。

簾櫳似水秋光嫩，手撚花枝羞插鬢。試寒時節喚添衣，漸懶心情愁對鏡。征鴻過盡渾無信，蹤跡近來何處問。枕邊待要不思量，落葉殘蛩都是恨。

鷟翁

春風消息南枝綻，膩粉香雲吹不散。誰驚花片落尊前，懊恨十三絃上雁。酬花休惜傾千錢，狂態問花應見慣。一春消得幾扶頭，莫怪春光來有限。

鷟翁

菊花新

不斷寒聲空外響，長鋏欲歌悲骯髒。屠狗賣漿人，來共我、晾鷹臺上。風塵滿眼愁千丈，夢驂鸞、故山無恙。何日水雲身，容散髮、扁舟長往。

漚尹

粲夜釭花明古巷，驄馬連錢驕錦障。一笑試春衫，翻舊繡、天吴花樣。十年身世牽塵網，夢初衣、故山凝望。黃檗染絲無，須料理、畫羅秋桁。

忍盦

燕悄鶯沈春蕩漾，酒醒瓊臺愁更上。芳意鎮遲回，靈鵲語、幾番凝望。雲屏擕手嬌相向，笑迴波、面塵休障。茸唾舊痕消，裁剪出、艷新花樣。

睿恩新

鶩翁

東風消息雨中聽，簾影暗、盟釵香冷。悄無言、悶對銀缸，賸六六、畫屏閑憑。料理傷春新病，翠袖薄、晚寒愁勁。便花間、杜宇歸飛，怕箇裏、春人未醒。

漚尹

歸鴻心事比雲冷，殘泪與、逝波俱凝。儘霜楓、强弄春紅，一葉葉、暗凋心影。夢裏若耶如鏡，秋水淬、劍花霜瑩。待明朝、歸事猿公，更手種、菱絲萬頃。

忍盦

芙蓉不隔畫屏影，青鳳語、蘭窗閑聽。繫相思、一綫靈犀，繡幕底、淚珠偷迸。怕説黃姑新聘，風露悄、素娥秋冷。甚飛花、不傍瑤臺，羅袖薄、淒涼玉鏡。

憶漢月

鶩翁

榆莢繞階風皺，欲買春光無那。等閑不是爲春愁，底事月斜深坐。年年湖上路，春好處、玉闌花妥。醉醒鶩老不成聲，清淚帕羅紅涴。

漚尹

輸了綠窗錢皺，花外鈿箏催破。別春滋味不成啼，歸對玉奩羞坐。金墉梔子夜，風剪剪、一釵淒朵。管絃新學唱伊州，休道側商聲錯。

忍盦

纔學趁時梳裹，釵重雲鬟低嚲。繡襦親與繫明珠，記掃綠陰同坐。相思何處問，眉黛恨、鬱金深鎖。夢中青鳥不飛迴，心計昔時真左。

紅窗聽

鷟翁

睡覺花飛春似水，雲意遠畫屏愁倚。子規那識人心苦，儘催歸不已。指點群峰空外紫，襟痕暗、依稀認得，臨分痛淚。舊情回首，掩銅華羞對。

漚尹

盼得東風回袖底，浮動起嫩梢春意。舞衣催上華茵慣，甚愁鸞慵理。後日蘭堂攜手地，憑誰按、伊涼舊譜，偷聲減字。不如推酒，索尊前迴避。

忍盦

笑倚珠簾調燕子，歌宛轉解隨人意。嫩涼偷把羅衣換，看凌波塵起。占斷紅樓歌舞地，憑誰管、心情暗許，尊前袖底。海棠開了，問春光能幾。

思歸樂

鷟翁

簾幕寒輕芳信透，消息近、梅開時候。玉萼有情應也瘦，惹泪濕、惜春衫袖。冷語問花花信否，歎月底、暗香誰嗅。對花往往愛中酒，自憐好壞非舊。刻意消愁愁似舊，歌未已、顰生蛾岫。把箋酹花釵欲溜，顧影惜、暗隨春瘦。

瑞腦香消閑永晝，引恨似、絮颺風柳。畫闌幾日又下九，怕花替人孱僽。
　行樂烏烏歌擊缶，愁一似、雲排山走。曉起惡寒閑袖手，看變滅、白衣蒼狗。
老去傭耕誰與耦，攬鏡愧、雪霜盈首。竟須卯飲醉至酉，閉門不知誰某。

漚尹

　春入雙波和粉溜，煙隔斷、朱闌眉柳。幾點絮花風定後，暗裏覺、晝長人瘦。
寫怨鸞牋書去久，滿眼恨、不歸依舊。謝堂酒醒尚記否，燕來定巢時候。

忍盦

　易水悲歌燕市酒，容幾輩、椎埋屠狗。攬鏡自傷憔悴久，莫更説、健兒身手。
落葉驚風吹隴首，暮色起、兩三亭堠。雁門李廣尚在否，只今月明依舊。

鳳銜杯

鶩翁

　青琴消歇餐霞願，心事托、素波深淺。聽到笛聲三弄、腸千轉，拚敲折、瑤釵短。
露囊攜，淚珠滿，塵凝處、碧花凄泫。可惜雙飛錦雁、遥天畔，不見幺絃斷。
　狂花舞徹金篦顫，誰更唱、一聲河滿。惆悵定場時節、絃偏慢，愁輕逐、歌喉斷。

晚寒侵，髩蟬亂，空自障、扇羅羞面。底事含凄猶説、相思淺，知否玉階怨。

漚尹

深情只有雙雙燕，尋夢到、謝娘庭館。難得池頭新合、吹簫伴，都解惜、斜陽晚。越山長，楚天遠，應拚得、怨紅啼斷。今日把君細字、香牋展，纔媿相思淺。

忍盦

鸞牋幅幅春愁滿，腸百結、泪珠千點。莫唱陽關三疊、無人管，空妒煞、瑶臺伴。錦屏深，玉釭淺，絃上語、素琴凄斷。贏得花前杜宇、年年唤，忍把迴文看。

前調 又一體

鶩翁

津亭殘笛咽疏煙，話相思、容易經年。倚檻南山、晴翠落尊前。多少恨、滿離絃。嘶騎晚，占春偏。勸斜暉、休促歌筵。難道燕吟鶯笑、一番番，便算客愁删。

漚尹

斡難河北陣雲寒，咽西風、鄰笛凄然。説著舊恩、新怨總無端。誰與問、九重泉。悲顧景，悔投牋。斷魂招、哀迸朱絃。料得有人收骨、夜江邊，嬰武賦誰憐。哀山陰王鬴臣郎中。

南園芳事已闌珊，甚多情、鶯語相關。目斷柳棉、飛盡不飛還。回巧笑、倩人憐。　　忍盦
嬌夢短，晚妝殘。傍銀屏、眉黛愁攢。莫怪試花風信、一番番，禁慣是春寒。

相思兒令

輕放燕雛雙入，花絮亂空檐。多少定巢深意，簾底苦呢喃。　　影事暗逗眉尖，話　　鶩翁
游情、愁病相兼。可憐抛盡紅羅，鷓鴣誰唱江南。

誰約篋錢簾户，來聽燕呢喃。還把等閑螺黛，擡舉上眉尖。　　鳳杼特地重拈，病　　漚尹
心情、還似眠蠶。風前一棯腰支，如何擔得春衫。

花底一番風信，花外亂愁添。依舊蝶飛峰舞，偷傍小紅簾。　　睡起鎮日厭厭，好　　忍盦
春光、一例沈酣。不知幾許芳心，聽他雙燕呢喃。

眉月巧窺新樣，臨鏡畫雙纖。誰與晚寒低護，僥倖一重簾。錦字一一親緘，倩東風、吹到江南。底須諱説相思，酒邊愁味曾諳。

撼庭秋

鷟翁

窺人絃月如夢，乍短簫凄送。嗚嗚咽咽，高高下下，響沈寒重。秋桐影暗，哀蛩聲斷，此情誰共。惹青衫殘恨，還隨塞角，幾聲吹動。

漚尹

笛聲凄黯誰弄，伴冷衾孤擁。舊家煙月，新亭涕淚，亂愁都涌。哀燈絡緯，高樓鴻雁，夜寒霜重。總不如歸覓，煙波暖處，片時漚夢。

忍盦

玉關涼信催送，怕暮笳吹動。危樓休倚，遥天雁斷，四山雲凍。吟牋賦筆，一般憔悴，歲寒猶共。向城南回首，婆娑弄月，舊遊如夢。

秋夜雨

鷟翁

晴雷萬丈驚冬蟄，重城雲氣如墨。誰家春事换，有夢裏、屠蘇消得。月華幾日當頭近，想素娥、流照凄寂。旗影風外織，定怕問、人間今夕。

漚尹

角聲四起黃雲冪，人間休問何夕。東風輕薄意，惱亂到、飄花詞筆。玉龍怨曲吹香遠，甚處探、梅蕊消息。酒罷清泪滴，背燭撿、漢家新曆。

忍盦

重城夜點聲聲急，西樓歌舞猶昔。年年攜手處，記一笑、瑶簪分席。凄涼怕説春期近，有暗愁、和泪頻滴。月下誰弄笛，賸數點、梅花無色。

珍珠令

鶩翁

花間艇子來何暮，迷煙霧。問桃葉、春江誰渡。彈泪憶歌塵，賸清愁一縷。鬥草湔裙游事阻，夢不到、舊逢歡處。愁訴，正寂寞春城，花飛人去。

漚尹

春魂繞遍天涯路，無重數。驀遮斷、屏山香縷。彈泪問飛花，奈飛花不語。漏盡黃昏扃繡户，怪檐底、鵲聲無據。無據，甚昨夜蘭釭，玉蟲雙吐。

忍盦

危闌倚遍閑風露，無人語。但雲外、山無重數。彈泪怨飛鴻，甚將愁不去。眼底風光能幾許，對明月、金尊休住。休住，拚醉裏消磨，一春情緒。

西地錦

鷺翁

寂寂玉屏寒沍，悵斷魂誰訴。閉門我亦，忘飢藁卧，底袁公千古。料得千巖一素，正殘鱗飛舞。冷浮虹氣，雲迷鼇背，問寒消何許。

漚尹

寒到惜春簾户，又半天風絮。梅邊信息，三花兩蕊，是閑愁來處。只有西山眉嫵，却推排不去。常時偃蹇，白頭坐對，問何曾塵土。

花落南園人去，冷遏雲簫鼓。狨裝寶勒，誰教勝賞，付閑風閑雨。不是東風相妒，把鳳鈎輕污。生防凍澀，啼痕萬點，斷凌波來路。

忍盦

吹起一天風絮，怯峭寒侵户。江山笑客，幾人載酒，賭旗亭新句。目斷瓊樓高處，問暗塵消否。孤山梅萼，灞陵柳色，是春風歸路。

定風波 用瞻園韻

鶩翁

秋裏清尊莫放停，笑看伶鍤是歸程。繞樹奇鵲啼不止，曾幾，舊時春色酒邊青。識字毫端通畫意，審音窌畔得宮聲。活計安排支枕睡，誰醉，先生無夢也無醒。

漚尹

畫外春帆肯暫停，背飛勞燕訖初程。華表漫邀孤隺止，餘幾，夢華城郭野煙青。隴水分流難寄泪，越吟翻調未成聲。休與梅花同不睡，須醉，醉鄉風味勝於醒。

忍盦

瘦馬嘶風不肯停，郎當鈴語送征程。頭白老烏何處止，餘幾，定巢還傍柳邊青。流水不傳羈客恨，哀楊解作斷腸聲。難得一宵愁裏睡，沈醉，曉風殘月等閒醒。

原作 天門道中阻風雨

瞻園

晴便開船雨便停，行行不記許多程。休怪打頭風不止，能幾，推篷閑對晚山青。碧海千重沈舊憤，黃流一半帶秋聲。不道癡龍真箇睡，從醉，只愁無酒未須醒。

一剪梅

鷺翁

碎踏瓊瑶步有聲，難得看山，雪後塵清。隨身笠屐識吟情，不爲看山，眼爲誰青。
萬疊晴嵐繞郭明，舊日看山，歡若平生。槖駝風過雜塵腥，今日看山，只合瞢騰。

漚尹

西北高樓眼倦横，路斷凌波，誰問飛瓊。翠禽啼暝小山屏，步玉人歸，一鏡塵生。
惟有梅花不世情，夢别江南，淚接春程。犯寒玉笛爲飛聲，訴與東風，因甚飄零。

忍盦

倒影殘霞一片明，畫裏風光，愁裏心情。飛花還卷暗塵生，野水荒灣，回首孤城。
莫倚西樓弄晚晴，倦酒無多，也自愁醒。好山不似舊娉婷，掩盡長蛾，懶向人青。

夜厭厭

鷺翁

潑螘緑雲堆盎，娟迴腸、氣隨春蕩。開門明月正當頭，更南枝、犯寒先放。詩膽
大來天不讓，只低頭、小鬟清唱。對花憂樂管誰先，儘消磨、四條絃上。

著酒芳心春漾，舊魂消、影娥池上。乍調絃索軟於雲，隔花翻、踏摇新唱。　不爲來遲羞蕩槳，近闌干、扇羅重障。玉人無力舞迴風，鬥輕盈、枉承纖掌。　漚尹

入户金波微漾，好樓臺、幾番吟望。夜凉誰與戀孤光，只姮娥、伴人無恙。　問訊南枝還未放，一分花、一分寒釀。東風消息早安排，底年年、爲花惆悵。　忍盦

七娘子

眉間彩雁驚飛後，理修蛾、著意春山鬥。粉蝶香輕，玉蟲花瘦，肯將新恨牽羅袖。　花間影事休回首，甚香囊、還似年時扣。壓綫從今，憑君記取，天吴舊樣殷勤繡。　鶩翁

年芳銷歇收鐙後，唱渭城、還挽纖纖柳。誰識江南，曲中春瘦，秋娥拚與行雲守。　紅樓隔雨黄昏又，甚銷除、百感偏疏酒。訴與心期，東風知否，聽歌終有愁時候。　漚尹

落紅滿地驚風驟，問薄妝、消得春寒否。玉樹聽歌，金尊催酒，安排醉過愁時候。看花舊約休回首，怕花枝、還比春人瘦。一寸眉顰，流鶯猜透，錦牋不寫相思久。

忍盦

錦帳春

中酒光陰，傷春懷抱，亂紅促啼鶯聲老。雨飄花，風卷絮，賸閑情多少，篆香猶嫋。挂壁新絃，題襟別調，算舊日踏搖聲好。緑塵飛，瑠札報，惹暗愁淒悄，倚闌西笑。

鷙翁

冷月鳴笳，朔風吹草，歎轉首夢華多少。倚殘枰，吹短笛，自憑闌舒嘯，不如歸好。斗外城懸，眼中人老，酒醒處厭聞啼鳥。銿埋伶，詩祭島，算此時情抱，問渠知道。

漚尹

山字屏圍，水沈煙嫋，埋舊恨都無分曉。柳三眠，花一笑，趁簪紅攲帽，蝶沈蜂悄。潘鬢秋多，楚腰春少，總無那芳時懷抱。酒波深，香夢老，拚酹花千繞，要花知道。

忍盦

雲外塵多，眼中人少，海天遠憑闌舒嘯。北征吟，招隱賦，寫傷秋懷抱，碧山同調。

拄杖看山，避人焚草，萬事足掀髯一笑。算人間，酣睡好，莫酒尊閑了，玉梅春早。壽鶩翁。

調笑轉踏 巴黎馬克格尼爾

鶩翁

妾家高樓官道旁，山茶紅白分容光。願作鴛鴦爲情死，托身不願邯鄲倡。浮雲柳絮無根蒂，情絲宛轉終難繫。漫道郎情似海深，不抵巴尼半江水。

江水，恨無已，泪盡題瓊書一紙。紅香踠地塵難洗，凄絕名花輕委。臉紅斷盡銅華底，日夕明霞還起。

漚尹

茶花小女顏如花，結束高樓臨狹斜。邀郎宛轉背花去，雙宿雙飛新作家。堂堂白日繩難繫，長宵亂絲爲君理。肝腸寸寸君不知，匏子坪前月如水。

如水，妾心事，結定湘皋雙玉佩。曼陀花外東風起，洗面燕支無淚。願郎莫惜花憔悴，憔悴花心不悔。

忍盦

雪膚花貌望若仙，陌上相逢最少年。柔絲宛轉爲郎繫，摧花一夜東風顛。珍重斷腸書一紙，鈿車忍過恩談。里山茶開遍，郎不歸，嬌魂夜夜隨風起。風起，月如水，照見當年攜手地。春宵苦短休辭醉，金屋留春無計。花前多少傷心淚，訴與箇儂知未。

山花子

鷟翁

天外冥鴻不可招，十年心跡負團瓢。老境蒼寒誰慰藉，月輪高。懶到冬山惟耐睡，愁呼濁酒等閑澆。賴有梅梢春信逗，兩三椒。

漚尹

獨步雲階卷翠綃，不須歌舞鬥新嬌。訴與春鶯絃上意，一條條。靨粉黃消簾際月，臉霞紅上鏡心潮。可惜銀屏攜手地，近春宵。

忍盦

一醉何曾塊磊消，坐聽風葉響寒濤。偏是愁長偏夢短，又今宵。花月有情憐客瘦，笙歌無賴殢人嬌。情味近來渾不似，少年豪。

玉樹後庭花 用安陸韻

鶩翁

歌雲著意香紅鬥，繡簾晴晝。誰教送客留髡，便醉腸論斗。屏山影換人非舊，惜春中酒。襪羅隨步塵生早，愁牽別後。

十年薄倖何曾覺，夢迷清曉。枕邊一曲山香，訝清歌入妙。紅巾花外銜飛鳥，暗憐春好。屧廊偷認雙鴛羨，玉階芳草。

漚尹

鏡臺春重新妝鬥，燕昏鶯晝。隨花野步歸來，驀繫船香斗。鈿塵催落東風舊，蕩春殘酒。換巢鸞鳳心情爲，隣簫聽後。

歌雲如夢羞輕覺，綺筵臨曉。紅牙拍碎年年，妒玉簫聲妙。春窗花底窺朱鳥，淡妝逾好。畫成生色羅裙甚，輸他芳草。

忍盦

離亭樹樹秋聲鬥，月明如晝。凄涼萬幕平沙，漸寒生刁斗。悲歌還似年時舊，晚風吹酒。玉驄一夜驕嘶斷，樓蘭歸後。涼宵雨夢誰驚覺，玉龍催曉。一番桂底婆娑，鬥舞腰纖妙。蓬山影事傳青鳥，酒邊春好。要看壁月圓時種，盈階瑤草。

八寶裝

鶩翁

錦屏山曲親展處。新寒重，殷勤護。正軟回紅袖，玉蟲影暗，麝重添炷。淺吟簾底風催度。還容易，詩聲誤。是漏侵瓊管，不關素月，背花偷覷。

漚尹

長星杯酒誰勸汝。三山外，塵來去。正氍毹月上，衹須浪飲，底歌都護。黃金不買青春駐。飛絲送，博勞語。問麴車逢處，何人解酹，伯倫墳土。

忍盦

淺嚬輕笑嬌欲語。偏不分，今宵遇。向繡幃攜手，分明記得，當時眉嫵。月華空照人歸路。蒼苔冷，淩波步。甚驚鴻一霎，雲蹤雨跡，已無尋處。

鬥雞回

鷺翁

年年花底，長恐酹春淺。竹杖攜，提壺喚。布襪青鞋，笑呼山作伴。吟邊漫憶清歡，空對莫山葱蒨。怯憑闌，人不見。玉笛聲聲，那消愁一半。

漚尹

梅邊尊俎，長記橫枝剪。驛路遥，愁漪淺。望極黄昏，犯寒人不見。蒼鬢粉靨依然，何事翠禽聲换。月上遲，苔生遍。夢覓疏香，夜深羌笛亂。

驚飆吹幕，推枕瓊瑰滿。玉鏡窺，雙蛾淺。諱說相思，帶羅寬一半。江郎恨極天涯，重見怕逢春晚。尺素書，香羅薦。解得連環，半牀絃索亂。

忍盦

秋光催暝，雲外征鴻斷。玉燕釵，金泥扇。竟夕相思，畫梁明月見。誰憐袖薄天寒，憔悴近來應慣。掠鬢低，添香懶。寸結愁腸，爲君千百轉。

摘紅英

鷺翁

春消息，枝南北，醉吟幾費何郎筆。寒雲釀，吴波蕩。擬托輕漚，問花無恙。關山隔，愁橫笛，隴頭人去春無色。青羅帳，橫枝樣。片時清夢，黃昏月上。

漚尹

關雲黑，邊沙白，金仙一去無消息。誰家唱，筝絃響。敕勒聲聲，月斜氈帳。狂蹤跡，無人識，行歌帶索長安陌。高樓上，憑闌望。皂雕没處，飛狐上黨。

忍盦

春陰幕，人獨立，落紅減盡燕支色。珠簾障，輕寒釀。檻外誰添，一分花綱。鶻聲急，催行客，玉驄莫繫垂楊陌。河橋上，遥相望。踏青歸去，吴歌緩唱。

鷺翁

慶金枝

花殘月缺時，倚閑醉、覓新題。斷雲巫峽影參差，愁黛浸明漪。海棠開後春紅薄，香蝶夢、醒猶迷。明朝花底玉驄嘶，應是帶愁歸。

香紅和夢飛，問誰解、是相思。短枰留得半殘棋，消受酒醒時。丙丁帖子忽忽畫，怕晴雨、尚難知。籠鶯玉鎖隔花迷，春恨覺來遲。

曰歸休問期，問何處、不天涯。子規只解盡情啼，風物是耶非。　漚尹

東風眼底香紅發，無夢傍、白雲飛。心期猿隺未應知，休榜北山移。　忍盦

南園一夜東風轉，消息問、海棠時。憑闌立盡幾斜暉，誰繫玉驄歸。

吴蠶千萬絲，織鴛錦、兩心知。玉娥休怨弄妝遲，纔畫遠山眉。

花上月令

屏山如夢凍雲流，解遮斷，幾分愁。等閑吟嘯誰知得，有輕漚。人海裏，泛虚舟。　鷙翁

得失未須詢季主，慵畫虎，任呼牛。南樓風月知多少，歎淹留。都付與、少年游。　漚尹

夕陽無語燕歸愁，又鐙暈，小簾鈎。傍懷半卷金鑪燼，夜香留。天正遠，月含羞。

擬喚阿嬌來小隱，十載事，夢中休。憑誰指與歌眉淺，半痕秋。爲春瘦，怕登樓。集夢窗句。

忍盦

薄羅衫子玉搔頭，黛眉鎖，一春愁。行雲不結巫山夢，恨悠悠。隨雁字，過妝樓。莫負東風簾底意，情宛轉，爲花留。相思擬托微波送，半含羞。任紅葉，滿宮溝。

茶瓶兒

鷺翁

夢入江南天大，逗花風、玉梅香妥。嫩寒籬落偎雲卧，被翠羽、一聲啼破。滿目緇塵愁坐，話行藏、磨驢還我。江湖不是無煙舸，歎作計、向來真左。

凍碧連雲愁鎖，曝晴檐、裏頭深坐。曉來鴻雁南樓過，問露比、霜寒知麽。夢殘不恢重作，倚危絃、自歌誰和。斷襟認取漬痕涴，記按徹、念家山破。

漚尹

十載輕衫塵涴，逗鄉心、玉梅疏朵。花魂誰與招清些，便料理、五湖單舸。雪窗月明愁卧，夢東風、灞橋深鎖。熏籠偎夜培殘火，尚暖得、數椒紅破。

忍盦

一院春愁深鎖，理年時、繡衫茸唾。瑤籤錦瑟安排妥，怕舊恨、杜鵑啼破。好夢昨宵曾作，盼遥天、彩雲飛墮。紅樓驕馬連翩過，問幾度、踏青相左。

唐多令 衰草和穗平

鶩翁

難剗是愁根，連天没燒痕。漫萋萋、回首青門。陌上銅駝如解語，定相向、怨王孫。

別恨共誰論，憑高空斷魂。更無煩、臘鼓催春。不見潛行悲杜老，曲江上、幾聲吞。

漚尹

掃斷馬蹄痕，銷凝油壁塵。剪紅心、霜訊催頻。一道玉鈎斜畔路，已無意、比羅裙。

濃緑鎮迷人，蘭苕凄古春。換年年、冷戍荒屯。淚噀西風原上火，怕猶有、未招魂。

忍盦

南浦舊銷魂，花飛陌上塵。甚萋萋、斷送殘春。寂寞野煙疏雨裏，更休問、踏青人。

樓外又黄昏，霜寒何處邨。黯平蕪、猶戀斜曛。憑仗東風吹緑意，好輕送、馬蹄痕。

寂寞閉閑門，荒煙羃石根。舊池塘、難覓香魂。撥盡寒灰心未死，有微月、伴黄昏。

羅韤已成陳，冰綃有泪新。倩西風、掃斷愁痕。莫被一番春色誤，又消受、落花塵。

原作

穗平

野火宿空屯，人煙淡遠邨。一條條、都是愁痕。恁道夕陽無限好，能禁得、幾黃昏。　蓬斷晚辭根，苔荒晝掩門。倩東風、説與王孫。知到隔年吹緑處，有多少、別離魂。

江月晃重山

鷺翁

舞態筵前鴝鵒，歌聲塞上琵琶。帝城雲樹亂昏雅。低徊處，如掌雪飛花。　詩裏飄零泪墨，醉鄉慘淡風沙。酒腸芒角自槎枒，無人會，空壁掃秋蛇。

漚尹

選夢斜鋪楚簟，試泉閑鬥閩茶。平沙蕃馬短屏遮。橫波底，羞煞小菱花。　戕管迴文往復，闌干亞字橫斜。新聲重與訴琵琶。提攜意，不爲莫愁家。

忍盦

水闊煙迷遠樹，林疏風卷殘雅。雲山何苦萬重遮。雕鞍去，門外是天涯。　笑靨愁窺鏡影，歡期暗卜釭花。緑窗人老不歸家。尋昨夢，無奈月西斜。

醉垂鞭

鶩翁

抱膝漫長吟，高閣上，憑闌望。寒碧暮山深，依依傷客心。梅花應念我，香初破，碧溪潯。誰與證疏襟，無絃壁上琴。

漚尹

酒醒冷香侵，西池上，花三兩。小萼漸宜簪，一雙驕翠禽。落花風漸大，匆匆過，又春陰。祇有惜春心，比春無淺深。

忍盦

雲外又秋陰，煙塵障，遥相望。一片別離音，霜寒何處砧。番番花事過，雙蛾鎖，到而今。紅泪滿羅襟，抵君一寸心。

浪淘沙自題《庚子秋詞》後

鶩翁

華髮對山青，客夢零星。歲寒濡呴慰勞生。斷盡愁腸誰會得，哀雁聲聲。心事共疏檠，歌斷誰聽。墨痕和淚漬清冰。留得悲秋殘影在，分付旗亭。

何止爲飄零，相伴秋鐙。念家山破一聲聲。銷盡湘纍多少泪，不要人聽。　漚尹

蛩駏若爲情，哀樂縱横。十洲殘夢未分明。休向恨箋愁墨裏，畫取蕪城。

幽憤幾時平，對酒愁生。短歌莫怪淚縱横。記得西窗同剪燭，聽慣秋聲。　忍盦

身世醉兼醒，顧影伶俜。哀時誰念庾蘭成。詞賦江關成底事，一例飄零。

庚子秋詞乙卷終

藝文叢刊

第六輯

093	衍　極	〔元〕鄭　杓
		〔元〕劉有定
094	醉古堂劍掃	〔明〕陸紹珩
095	獨鹿山房詩稿	〔清〕馮　銓
096	四王畫論（上）	〔清〕王時敏 王　鑑 王　翬 王原祁
097	四王畫論（下）	〔清〕王時敏 王　鑑 王　翬 王原祁
098	湛園題跋　湛園札記	〔清〕姜宸英
099	書法正宗	〔清〕蔣　和
100	**庚子秋詞**	**〔清〕王鵬運**
101	三虞堂書畫目	〔清〕完顏景賢
	麓雲樓書畫記略	〔清〕汪士元
102	清道人題跋	〔清〕李瑞清
	願夏廬題跋	胡小石
103	畫學講義	金紹城
104	寒柯堂宋詩集聯	余紹宋